烈日下，他听着她慵懒地讲述过往，好像曾经的事情竟经历了这么多波折，真的有了传奇中爱情的模样。甚至，他还喜欢她用佛法解读，好像这样一来，他和她的行为就显得不是那么疯狂。

晋 军 新 六 家
晋军新方阵·第六辑

垫脚箱

陈克海 著

山西出版传媒集团 北岳文艺出版社
BEIYUE LITERATURE & ART PUBLISHING HOUSE
·太原·

图书在版编目（CIP）数据

垫脚箱 / 陈克海著 . —太原：北岳文艺出版社，2019.10

（晋军新方阵 . 第六辑：晋军新六家）

ISBN 978-7-5378-5988-2

Ⅰ . ①垫 … Ⅱ . ① 陈 … Ⅲ . ①中篇小说 – 小说集 – 中国 – 当代 Ⅳ . ① I247.5

中国版本图书馆 CIP 数据核字（2019）第 161423 号

书名：垫脚箱
著者：陈克海
策划：王朝军　赵婷
责任编辑：赵婷
书籍设计：张永文
责任印制：巩璠

出版发行：山西出版传媒集团·北岳文艺出版社
地址：山西省太原市并州南路 57 号　邮编：030012
电话：0351-5628696（发行部）　　0351-5628688（总编办）
传真：0351-5628680
网址：http://www.bywy.com　E-mail：bywycbs@163.com
经销商：新华书店
印刷装订：山西人民印刷有限责任公司

开本：787mm×1092mm　1/32
字数：164 千字　印张：9.75
版次：2019 年 10 月第 1 版　印次：2019 年 10 月山西第 1 次印刷
书号：ISBN　978-7-5378-5988-2
定价：56.00 元

探索与重建

——"晋军新六家"丛书序

杜学文

　　中国新文学已有百年的历程。百年间，中国文学发生了革命性变化，从传统迈向现代的步伐轰轰隆隆。尽管前行的道路充满曲折，但不容否定的是，中国文学伴随着中国社会的发展进步而发展进步。不仅涌现出大量的重要作家、重要作品，也从创作实践与理论研究两翼重建中国美学——在继承传统的基础上，吸纳人类审美有益成果，形成具有现实针对性的审美范式。

　　中国新文学的出现非一时之功。其肇始与中国追求变革、走向现代的历史潮流相应。但无可否认的是，新文学运动期间完成了中国文学由"旧"而"新"的转化。其变革动力，一是客观的社会要求——中国如何从文明的顶峰跌落之后，重回昔日辉煌；二是自身发展的要求——适应时代发展，对"旧文学"的批判、扬弃，以及对"新文学"的迫切呼唤。而最具影响力的是社会思潮中对科学与民主的追求，对人本主义的回归，以及先发国家文学资源的引进。这些催生了中国文学的革命性蜕变——新文学由此而生，进而开创了中国文学的崭新时代。

在20世纪之初的二三十年间，是中国文学引进、吸纳外来文学资源的重要时期。有很多在当时的中国人看来属于"新"的理论、观念、方法被译介，并转化成中国文学新的样式，初步奠定了中国新文学的基本审美形态与类型格局。从理论对创作现象的总结梳理来看，也取得了很多成果。但这一时期，中国新文学仍然处于初建与探索的阶段。其审美形态并未形成成熟的规范，还有很多问题需要从实践与理论等多个方面解决。比如，一个最为突出的问题就是，新文学虽然完成了新与旧的革命，但仍然没有完成其民族性的表达，以及被更广大的民众所接受的使命。这些问题的存在也实际上影响了新文学作品的艺术感染力与社会影响力。

尽管敏锐的人们已经从理论的层面提出了这些需要解决的问题，但中国新文学发生实质性的变化是借助于某种社会生活的机缘——抗日战争的爆发。面对民族的生死抉择，一个最迫切的社会问题就是如何唤醒广大民众，动员与组织民众投入到保家卫国的抗战之中。显然，那种不适应民众阅读习惯、表达晦涩曲折、强调人物内心世界的描写而忽略人物外在行为的表现方法与这样的社会需求有极大的距离。它们难以完成发动民众、激励民众，在瞬息万变的战争状态中鼓舞人们投入抗战的使命。作家们——特别是那些具有强烈的民族意识与使命感的人们，不仅纷纷来到抗敌前线，甚至直接投入战斗。他们在战火纷飞的前线创作，他们的作品总体上表现出简洁、明快、清晰、易懂的特点，具有强烈的理想情怀与战斗精神。也因此与民众的审美要求、社会心理一致起来。同时，他们更多地描写战争中普通人的命运——士兵、农民、城市平民与工人等等。这也使中国新文学关于"人"的意识发生了改变。人——千千万万、普普通通的你我他，成为文学的主人公。他们从不自觉到自觉，从无意识到有意识，从被动到主动，成为关系民族未来、国家命运的主角和主力。做一个不太准确的比喻，就是实现了从阿Q向小二黑的转变——不论在社会生活领域，还是个人生活领域。在这样的社会背景下，中国新文学完成了其民族化、大众化的使命。因而，也基本形成了比较完整、系统的审美形态。

新中国建立之后的中国文学，是这种审美范式的延续。一方面，她仍然保持了自身的开放性——对外来文学资源的吸纳，主要是苏联文学及东欧等弱小国家文学资源的吸纳。但是，这并不等于放弃了传统。事实是，传统文学中的表现手法仍然有很强很突出的表现。一些作品甚至直接借用传统章回体的形式。因而，从某种意义上讲，他们是文学传统与外来手法的统一体。另一方面，也仍然保持了至抗日战争时期形成的审美形态——理想信仰与个人命运的统一，社会进步与个人发展的统一，歌颂与批判的统一，普通人、劳动者在社会生活与文学作品中主体地位的确立，现实主义与浪漫主义的有机结合等等。但是，当一种范式成为一种程式之后，其局限性也逐渐表现出来。特别是经过一个僵化、简单化的审美阶段之后，这种局限表现得更为明显。随着改革开放的到来，整个社会的审美创造力被空前地激发出来。外来的哲学观念、创作思潮也次第而入。时代的变革为中国新文学的新变带来了历史的机遇。

几乎是在20世纪的一头一尾，中国文学先后经历了两次极为重要的剧烈变革。其中一个十分突出的现象就是对国外创作方法的借鉴与模仿。尽管从表现形式而言，这两个阶段有着突出的相似性，但二者仍然存在很大的不同。首先，从面临的任务而言，20世纪初主要是完成文学革命，而在新的世纪之交，主要是解放艺术创造力。其次，从创作实践来看，20世纪初乃是一种针对旧文学的初步的摹仿。而在新的世纪之交，则具备了更为明显的主动性、自觉性，是在新文学进行了大量的实践并基本形成其审美规范之后的再创造。再次，从其规模来看，前者不论是从译介的质量、数量诸方面看，都不能与后者相比。这固然得益于整个社会经济文化的快速发展，也与中国改革开放程度的扩大深化有关。总体来看，随着改革开放的不断推进，中国文学表现出争奇斗艳、各显其能的生动局面。文学创作的题材得到了前所未有的拓展，人物类型不断丰富，表现手法显现出向外与向内同时掘进的态势，文学作品的样式也空前丰富起来。如果仅仅从作品外在的形态与手法技巧等方面看，中国文学的现代性得到了极为充分的体现。

　　但是，文学并非仅仅是一种技巧。它还涉及对生活的认知、判断，以及其中所蕴含的价值观。最引人关注的是其对社会生活的表现，以及对人的塑造。毫无疑问，改革开放以来，仍然有大量的延续了中国文学传统，特别是抗日战争以来形成的审美传统的作品。但是，另一方面也出现了与外来文学，特别是先发国家文学表现主题相似的作品。这种现象的形成，从文学自身的变化来看，是对外来创作观念、方法的引进。从社会生活的变化来看，则是中国现代化进程的快速推进对人产生的影响。包括人在社会变革中的迷茫与不适应，社会结构的改变、利益的调整、人伦关系的重构等在人的外在物质世界与内在精神世界的作用。强大的现代化车轮滚滚向前，利益与欲望等物的诱惑日见显现。文学对这些生活中的变化进行了多样的表达。如果仅仅从多样化的角度来看，这当然是文学的一种进步。

　　然而，文学的现实是人们对这样的表达似乎并不满足。人们更希望文学关注自己生活中最迫切的问题，人们也更希望在现实的焦虑中寻找到存在的价值、前行的方向，希望文学能够拥有更多的读者。人们对那些晦涩的描写、缺少光亮的表达、只注重描写而忽略了叙述、不能表现生活质感与本质的文学不再激动，甚至冷漠。从文学自身的存在与发展而言，需要做出新的调整。事实上，许多作家也意识到了这种问题，重新回归传统与民间，以期从中汲取创作的营养。

中国文学在21世纪初，面临着真正步入现代化的挑战。这首先是中国现代化的进程步伐加快，对文学提出了新的时代要求。其次是中国新文学在经历了几乎是百年的实践之后，需要形成适应时代要求的成熟的审美范式。以民族优秀文化传统，特别是审美传统为根，在继承与创新的基础上，辩证科学地汲取世界文学的有益营养，面向当下中国现实，关注中国社会的发展与人的进步，创造能够为现实中国提供精神资源、价值引领、审美启迪的优秀作品与理论形态已经成为历史的必然要求。显然，我们的文学已经进行了多方面的努力，但我们还需要谨慎地判断——中国新文学在完成了其新与旧的革命，实现了民族化与大众化之后，正在向现代化迈进。

如果从这样的视角来看这套丛书，我们还是能够感到某种欣慰。收录在这套"晋军新六家"丛书中的作品，均由晋地相对年轻的新锐作家创作。在中国文坛，他们属于比较活跃且产生了积极影响的作家。当然，我在这里要特别强调，仅就晋地而言，也并不是只有他们显现出这样的积极姿态。除他们外，实际上还有相当一批人可以进入这个行列。我们将陆续向社会推介更多的晋地优秀青年作家及其作品。他们的创作，首先从一定程度上反映了中国文学的演进——希望能够形成具有现代意义的，富有现实针对性的，基于传统又呈现出开放性的审美范式。其次，我们也能够从这里感受到中国作家拥有的文学理想。他们并不是把自己的创作当作随意的尝试、把玩，而是希望通过自己的努力为中国文学贡献光热。对于他们而言，文学具有某种神圣感。他们对创作的严肃、尊重可圈可点。举一个极端的例子，其中有人认为自己的作品过不了自己这一关就宁愿好几年也不发表作品。这与那种浮躁的心态形成了鲜明的对比。其态度可见一斑。

这些作品表现了当下现实中国社会生活和人的精神生活的多种层面、多种状态，显现出文学极大的丰富性。现实感是这批作品最突出的特点。当然，他们可能不一定把更多的笔墨放在社会生活的重大事件上，但他们也并不回避这些。因而，在他们的作品当中，已经显现出如何把纷繁的社会生活，特别是具有重要影响的社会生活与人的日常生活，主要是最平凡、最普通的生活结合起来的努力。他们表现置身其中的人的迷茫、失落，物的挤压，欲望的诱惑，但总要在字里行间流露出源自生命的对生活的热爱、责任，并期望通过自己的描写为平凡的生活指出方向、出路。在他们的作品当中，人的价值并没有消解，而是从日常的细微之处冉冉而现，使我们能够看到希望、未来，给予我们生活的信心与力量。他们可能会汲取传统文化资源，如绵延至今的某种生活方式、价值追求，以及传统文学中的表现手法。但也毫不掩饰，他们对外来的文学资源也同样充满热情。这使他们的叙述不再是一种简单的情节交代，而是叙述本身就拥有了超越情节的意味与魅力。他们在叙述的同时，强化描写，在注重对人物外部存在描写的同时，深入人的内心世界，在具有真实意味的形象塑造中超越这种"意味"与"形象"。总而言之，在这些作品中，我们可以看到中国新文学在新的世纪，经过百年的实践探索之后，从创作层面重建中国审美的种种努力。对他们而言，这种努力也许是不自觉的。但就文学而言，却是极为重要的。也许，这种努力将被中国文学浩大前行的浪潮所淹没。但我们可以肯定的是，作为这浪潮中的水花，他们努力过，存在过，发过光，闪过亮。这已经是生活对他们的巨大回馈。他们还年轻，拥有无可估量的潜力与可能性。前路正辉煌。谁又敢武断地说，他们不可能成就为最具冲击力的滔天巨浪呢？

正因为有他们，以及千千万万为文学而努力的人们，中国文学才能不断进步，文脉永续，生长得枝繁叶茂并硕果累累。

2019 年 8 月 8 日 23 时 10 分，
"二青会"开幕之际于劲松
2019 年 8 月 13 日零时 24 分改于劲松

自序：今天怎么一个人？

陈克海

有一天，逛菜市场，还没开腔，操着一口四川话的老板递过来一句，今天怎么一个人？没头没尾的，好像我们是熟识多年的街坊。我刚"哦"了一声，他又说，还是逮酸菜鱼？

一句话问得我百感交集。逮，不是老家鄂西土话吗？吃饭叫逮饭，喝酒叫逮酒，做工夫叫逮工夫。一个逮字，仿佛把什么都能薅进身体里。这么多年，都逮住了些什么？我就像电影《立春》里的王彩玲，不甘心，动不动就要去北京。现实里的自己，别说去北漂，偶尔走在北京的土地上都张皇得不行。更多时候，不过是窝在这个叫赛马场的地方，做梦编故事，许是为了安慰，也像是在补偿，主人公一个个腾挪不停，仿佛时刻都准备逃离，根本不把四百多万人口的太原放在眼里。

要不该怎么解释？说起来也在太原生活了快二十年，也一直没什么印象。偶尔和人聊及生活的不如意，根本不管对方是不是太原人，眉头紧锁，脱口就是一句，这地方。好像，一切都不言而喻了。

这么形容，还是过于空泛。无论本我怎么表演，有机会了还是要规规矩矩坐到人前。只不过，听人说经济形势，政治风云，脑子里翻腾的，还是怎么找个更有意思的事逮一下。二十几岁的年纪，自以为是永动机，是烙铁，浑身都像长满了触须。

真是遗憾，一晃就到了三十好几，有人在谈宇宙终极，有人拷问人生黑洞，也有人游山玩水。我东听一句，西望一眼，饕餮吞咽，大数据及时送来令人舒服的一切。等到时间不够用了，才意识到自己成了圈养动物。而我竟误以为抵达世界中心了。真是疯狂啊。

说到疯狂，还得从小时候说起。大概才十来岁，有一回被班主任留到晚上七点才放回家。从学校回去，要翻山，要过河，要爬坡。过河的时候，天就黑了。河边到处是蠢蠢欲动的坟地。又下着雨。走在这样的地方，简直吓死人。我一会儿朝前走，一会儿退着走，好像瞪大眼睛就能看清黑暗中不怀好意的一切。还唱歌。大路朝天。颤抖的嗓音还是泄露了我的胆怯。我只是想大声说着话，给人，不，给心怀鬼胎的黑暗证明，我并非孤身一人。到了后来，我不知怎么就明白了，这个世界上，不管是人，还是鬼，还是动物，他们并不存在。或者说他们存在的唯一理由，就是为了考验我。他们为什么要考验我？他们考验我的目的又是什么？七八岁的脑子还顾不上细想。就是靠着这么唯心主义的念头，连滚带爬，大气也不敢出，摁着狂跳的心脏回了家。

想起这段过往，也并非全无因由。前些时日，"基因编辑婴儿事件"闹得沸沸扬扬。且不说他的伦理冒犯。要是我这般有着诸多缺陷的人，能够重新优化一下，岂不是能让后代少犯类似错误？当时和同事们在院子里晒太阳，聊起这一段，他们问，你自以为想得更明白，说不定有更巨大的老大哥正在某块单向透视玻璃后面盯着你，这家伙不埋头干活，竟然有了想法，是不是得清洗记忆，回炉重造一下？听得我一背冷汗。美剧《西部世界》立马晃过眼前。那些自以为有了记忆的机器人接待员，在早已编程好的世界里活得不亦乐乎，其实不过是人的玩偶。我所有的努力，是不是也只是在完成特定的角色扮演？

特别喜欢米歇尔·福柯搜集的一个小故事，他在《无名者的生活》里如此记录："米朗，1707 年 8 月 31 日被送入夏朗德医院。他一直向家庭掩饰他的疯狂，在乡间过着一种不明不白的生活，官司缠身，毫无顾忌地放高利贷，让自己贫乏的精神步入那些无人知晓的道路，相信自己能够从事最最伟大的事业。"

过着不明不白的生活容易，问题是，怎么向家庭掩饰他的疯狂？其实这句反问完全多余。看看自己的分裂就足够了。

一定是这样。陆陆续续，遇到不少人念经，打坐，玩手串，跟我谈生命的意义。这时才反应过来，我已经人到中年啦。

是焦虑了，却也不是因为时日无多，而是过往的岁月不够大方。直到有一天开始骑行，在东山上遇见那么多奋力向前的老人，才切实感受到，赛马场在我的生命中不应该是积灰的杂物，它就是正在上演的舞台背景。有一回去华龙照相馆，一男一女进来，女的不停擦脸上的妆，说是婚纱影楼的妆太浓了，要重拍一张。老板正在玻璃柜台上切羊肉，看见男的没有耐心，放下菜刀，拿出自己的经验开解。高铁桥下，年轻男子拖拽姑娘，却被牵着金毛犬的中国妇女呵斥。黑夜里看不清表情，她义正词严的说教，还是让围观的我羞愧不已。那个在五龙口海鲜市场一堆死鱼烂虾旁背《将进酒》的中年人，神采何等飞扬？怎么能忘记东山上骑行全国的光头老人，那口随身携带的小锅中，煮熟的方便面里，是不是又加进了路边顺手摘下的野菜？在解放路教堂下跪的年轻人，她散落一地的药片都找见了吗？还有迎春药房，甚至没有招牌的缝补店……原先视若无睹的街道，熙攘人群，突然，一切都清晰起来。我的迦南地，不在北京，不在西藏，不在广州。就在此时此刻。就在我每天行走的土地上。

这一回，我想把他们逮住。

2019 年 4 月 14 日星期日

目 录

垫脚箱

一

还没到大学报到，叶茨的心就悬起来了。

公交车穿过一片又一片玉米地，终于停在了校门口。通知上写着住公寓，还是八个人挤着高低床。按父母的愿望，他挑的是正热门的专业，计算机科学系。他对软件编程兴致不高。突然有了那么多自由时间，怎么能继续坐在教室读死书呢？他最喜欢的还是到处串宿舍，和人海诹上一气，或者在操场上奔跑。

有一回踢球，听见中文系的一帮人筹划办杂志，叶茨马上附和，说他高中就写过诗。其中一个叫周游的，让他誊几首瞧瞧。回到宿舍，找出以前的本子，读了半天，别扭又做作，叶茨索性重写了一篇。真是白话，他就讲到了大学如何无聊。因为还提到了穷和掩饰不住的咳嗽，提到了女人白森森的小腿、黑且粗的眉毛，周游过几秒钟就拍一下大腿，直喊我操。这是在夸他写得好了。到底心虚，没敢用真名，就叫了个叶子。周游有天叫他，直呼叶子，他还一时没反应过来。才知道他的处女作就这么发在了创刊号上。写诗的热情由此一发不可收拾。等到杂志出来，一帮人在文澜楼摆了几张课桌叫卖。没什么人来，几个人就在那里拿叶茨的名字说笑。

应该是受了这份意外的鼓励，同学们有空不是去网吧打魔兽，玩传奇，就是在宿舍里打牌，只有他，成天闷在图书馆。起初，也不是全看书，就在一个书架前又一个书架前逡巡，看着那么多书竖在那里，他不由感到深深的绝望。偶尔，看见某本陌生的，也会抽出来。荡起的灰尘进入他的肺，他会忍不住咳嗽，压抑地打着喷嚏。后来，活动的范围就比较固定了。翻了一遍文学史，他不知怎么就喜欢上了超现实主义。多有想象力啊，叶茨也想着怎么一鸣惊人，推翻旧世界。再看什么古典现当代，怎么会有出息？得出新。他就搬了物理学、天文学方面的书，乱翻一气。多数看不明白。不过，这又有什么关系？他挑看得顺眼的，哪些名词够复杂，又有象征意义，就摘出来。

他的头发也蓄到了肩边。他自诩为放浪不羁，却有女生说他简直像个流氓。说笑归说笑，只有他自己清楚，他哪里像个流氓呢？都大二了，还没交上一个女朋友。他甚至都不好意思说他成天在图书馆干了些什么。书不好好看也就罢了，有一回在期刊室读到阎连科的《坚硬如水》，竟然把其中男男女女的事情全复印下来了。复印一张五毛钱，大半本杂志复印下来，花了将近上百块。回到宿舍，还迫不及待地与舍友分享他的兴奋。结果人说，有这钱，都可以去岔道口包两个夜场了。这一样吗？他知道岔道口的录像厅，夜场里时不时放些三级片，来看的多是附近的建筑工人。到后来，他懊恼的也不是花了这么多钱，而是从这所有的举动中，看到的都是自己的愚蠢、神经、自以为是。

他一直不敢回忆大学生活，就是因为除了看到一个奇怪别扭的自己，更大的背景是乏味空虚的现实。一个精神病样的患者，每天坐卧不宁，在校园里四处溜达，竟然从没被人指认出来。想到后来，就有些魔怔，他佩服自己，年纪轻轻，居然可以伪装得如此正常。要不是神经出了问题，怎么看待他种种匪夷所思的举止？也许刚上大学的孩子，都有些盲目，无法控制那吞没一切的情欲。不然没法儿解释他对胡媚的跟踪行为。

是有意吗？若不是故意，为什么处处都能碰到她？他从来没想过走到跟前说说话。他不敢看她说话，只是远远地听着。说是远远地，隔得那么远，他就竖起了耳朵。光远远听她说几句话，就够动人心魄的了。怎么会这么喜欢一个人呢？真是走火入魔了。

最难熬的是周末。一个人的时候，他就想她肯定在这城市的某个地方进进出出。能怎么办？就在本子上写"胡媚"的名字。开始，他的嘴角还带着微笑，后来越写越快，字迹潦草，好像一个人在绝望地呼喊。周游有回来叫他踢球，见他趴在那里，还以为是在写诗。直到他看出真相，周游瞪大眼睛来了一句：我操，兄弟，你这是在书写爱情的乐章啊。叶茨说，你不了解爱情。怎么形容呢？就像有一只小奶猫冲你走过来，脑袋靠在你胸口蹭啊蹭，你能忍住不去触碰它吗？忍不住的。周游大笑，说，还是你这个比喻好。那时，周游也在追一个姑娘。周游说姑娘终于答应和他一起游泳了。姑娘愿意一起去游泳，这让周游两眼放光。他拍着叶茨的肩说：

"兄弟，再不碰你的小奶猫，她就蹭别人去了啊。"

尽管周游说得都对，叶茨还是不喜欢他如此评价胡媚。说得她好像是个水性杨花的女人。

就这么干想，也不是办法。胡媚有什么爱好，他大概也清楚。比方说她也喜欢足球。就凭这一点，叶茨认为他和她应该有许多共同话题。欧洲杯期间，他还请她在西校门的正大录像厅看过几场球。虽然是两个联谊宿舍的人在一起，他还是认为她对他有点意思。他熬夜，为喜欢的球队快激动死。大半夜的，胡媚在他身边睡着，他都没有觉察到。"非典"期间，他和她都没回家，学校又停课了，两人的接触多了起来。有一回在茅坡的小馆子里请她吃水煮串串。胡媚吃得嘴里直哈哈，叶茨也没敢挪动一下，生怕弄出什么意外的举动惊扰到她。胡媚还是被他痴呆的样子吓着了。她问他，双眼如此通红，是不是病了。

"是啊。"

"那怎么不去看医生？"

"我这病，除了你，谁也治不好。"

"少胡说八道。"

既然姑娘把他绝望的相思病定义为胡说八道，他就没继续说下去。这之后，他和她的关系不咸不淡，好几回，她对他说起她失恋的痛苦。她的男友之前在煤干院读书，后来回了榆林。回了榆林，她还坐着绿皮火车追过去找过他几次。

她说了那么多，叶茨就明白了一个现实，胡媚的男朋友是搞煤矿的。这个时候，他好像才明白她拒绝他的原因。和周游说起这一切，周游说，人家姑娘愿意把这些最隐秘的话告诉给你，说明信任你，有戏，赶快上哇。在周游的眼里，只有弱肉强食，只有先下手为强的丛林原则。甚至还让他把姑娘约到主楼教室里一起看电影。当时周游几个人还搞了个电影公社，隔三岔五，总在教室里放一些文艺片。

他没想到胡媚也爱看电影。可不是普通的言情剧。有一回聊天，不知怎么说到了一部老电影——《冲突》。她说这个片子虽然有些冗长，但是这个题材好，一个人与世界战斗。总体来说，保持正直很重要啊。叶茨没看过这部电影，还是听得热血沸腾，好像自己只要足够努力，就能做到她理想中的样子。却没想到她又说，真没想到阿尔帕西诺年轻的时候鼻音那么重。叶茨问她还喜欢看什么电影。他是想着努劲儿看了，再和她好好聊的。谁知胡媚却来了一句，看那么多电影有什么用？又不能指导自己的人生。这话再明显不过了，她喜欢踏实的人，不看电影也可以交流嘛。

下回约胡媚，吃完饭，两个人在操场上走了一圈又一圈，直到天色暗下来。还有三三两两的男生在不知疲倦地打篮球。不远处的看台上有两对情侣搂在一起。清冽的风灌进肺里，叶茨觉得肺都疼了。胡媚去厕所了，他拿着她的包，鬼使神差地，就拿出她的手机给那个榆林的男人发了短信，意思也简单粗暴：你个混账东西不懂得爱惜女人以后不要再骚扰我家胡媚了。结果对方就把电话打过来了，劈头就是，你是谁？叶茨就说，我是谁？我是谁你他娘的还不知道？我是胡媚男朋友。没想到对方声音一降，简直是在哀求他，说，你知不知道我有多爱她你不要破坏别人的幸福好不好？叶茨直接就懵了。这个时候，胡媚回来，抢过电话，直接挂了。他以为她生气了，半天不知道该说些什么。倒是胡媚说开了话：

"不是你想象的那样。"

这话没头没脑了。叶茨想着那个榆林男人的哀求，一个男人为了爱情竟然可以这么没有原则，竟去哀求一个素不相识的人。怎么事情并不是像胡媚说的那样呢？她一直把自己说成了一个被抛弃的可怜人。

就这么一直坐着，直到天黑。叶茨想着自己总得干点什么，就一把薅住胡媚，嘟起嘴拱向她。胡媚简直是在死命推他，到底没有他力气大。他把她按在墙边，气喘吁吁的，想把舌头塞进她的嘴里。胡媚嘴巴闭得紧紧的，想说什么，都被他堵了回去。直到她狠狠咬了他舌头，他才疼得松开了手。胡媚跑回了宿舍。他站在操场上，心里七上八下。连忙发短信，解释他对她的喜欢。半天了，都没收到她的回信。他意识到这回死定了。他发了一条又一条，说他的喜欢如何绝望，说他在她跟前如何自卑，说他真是不想活了。许是被他的话吓着了，姑娘终于回复了：

"你怎么可以这样？"

这是在质问他了。他辩解，说自己如何情不自禁。好像因为喜欢她，就可以勉强。胡媚说，以后不要再见面了。叶茨也冷了心，说，那你把我的日记还给我吧。之前，他向她表露心迹，证明他的喜欢与众不同，把写满了思念的本子送给了她。隔着围栏，胡媚把日记本，还有一条玫红色围巾，那是他送给她的生日礼物，都放在了地上。他心惊肉跳，好像这些被她抚摸过的礼物和他一样，都被无情地遗弃了。宿舍熄灯后，他就着手机微弱的光，翻着那本日记，每一页都写得那么无助和哀伤，有几页被胡媚粗暴地撕掉了。他想不起自己在那几页上都写了些什么。那个夜晚，叶茨想着那个搞煤的榆林男人，想着胡媚如何坐着绿皮火车去榆林，只为追寻她想要的爱情，他的心像闷声钉进一根铁钉子。一晚上风刮得窗户乱响。

他以为也就这样了。没想到暑假，几个共同的朋友组织去终南山，他和胡媚又见了面。为省钱，他们没去景区门口，而是在附近村里找了户人家住下来。兴头足得很，下午就去爬山。刚到山顶遇上阵雨，胡媚冻得哆嗦，他翻出背包里多余的长袖递给她。他看着她穿着自己的长袖，高兴得忘乎所以。临到睡觉，叶茨才意识到，来的人都是一对一对的，尽管没有明说，大家似乎都把胡媚当成了他的女朋友。总共八个人，关系明确了的那对研究生，住外间的双人床。剩下的六个人睡大通铺。叶茨听从安排，睡在最里面，紧挨着胡媚。大家在黑暗中开着玩笑，好像对明天爬山看日出特别期待，只有他紧张得一声不吭。他都没想到自己那么胆大，竟然把她的胸罩解开了。胡媚满手是汗，捉住他的手。他有时候也跟着别人哈哈大笑，手上却没闲下来。期间，他把手伸到她的小腹处。他的心跳到了嗓子眼。刚开始也在和大家说笑，还容忍他的姑娘，这个时候扭过了头，那么嫌恶地瞪着他，要吃人一样。叶茨突然对自己的所作所为感到厌恶起来。多年后，他仍然无法原谅自己的轻浮。他想起黑暗中胡媚的眼睛，好像这才看清了自己的德行。

二

从终南山回来，远远看到胡媚，叶茨总是绕道逃开。

为了排遣寂寞，他和老乡，同一个班的吴小仪走得近了些。他陪她打开水，一起去食堂，在路上故意说些段子，他哈哈大笑，好像完全没有因为一个女人的拒绝，遭受到任何打击。这不，爱情说来就来了。

他没注意到舍友莫汉武的脸色。等到胡媚和莫汉武好上了，叶茨才意识到自己犯了多么糊涂的一个错误。他不该和吴小仪走得那么近。谁都知道莫汉武一直在追吴小仪。莫汉武竟然可以掉头就喜欢一个他不感兴趣的女人。叶茨想不明白一个男人的嫉妒心竟然如此之重。那是他头一回对爱情失望，为女人的智商着急。

他课也不上了，成天只是在宿舍里睡大觉。偶尔听见莫汉武给胡媚打电话，都百爪挠心。他总是在想，是不是应该提醒一下她。他冥思苦想，多少个日夜过去，他还是没有想清楚接下来的一天究竟应该干些什么。他脑子里反反复复出现的都是莫汉武的话。说起来，莫汉武头一回约胡媚还蛮有戏剧性。那时，他刚买上手机，和胡媚聊了几句。胡媚说：

"知不知道我们班有个女生喜欢你？"

"谁啊？"

"你请我吃饭我就告诉你。"

结果莫汉武还没请她吃饭，胡媚就说了，胡媚说她喜欢他。莫汉武得意扬扬地给大家看他的短信。他说，他明知道胡媚是和他开玩笑，但他还是直接回应了她。他说他也喜欢她。她问他喜欢她什么，他说喜欢有关她的一切。他问她喜欢他什么，胡媚说：

"因为我从来没见过一个男人跟女人说话还会脸红。"

要是胡媚有一天发现莫汉武根本不是这么个人，会后悔吗？这些折磨人的细节在脑子里滚了一遍又一遍，叶茨还是找不到解决问题的办法。他从上铺坐起来，看着夜色中的步行街上，人们三三两两地要么跑步，要么兴高采烈地谈论些什么。他跑到厕所，含着烟，抖抖索索掏了半天，结果打火机却掉进了下水道里。几乎是突然，他把烟咬断了。他不信自己做不成一件事。他痛恨自己对完全没有把握的事情如此上瘾。

周游他们在学校附近的茅坡村拍小电影时，叶茨还客串了一把。其中一场床戏，需要叶茨露出脸来。尽管在被子里裤子都没脱，他还是感到了羞耻。他以为自己一心只喜欢着胡媚，谁知道，和一个不太熟悉的女人躺在床上，竟然也能勃起。电影拍完，别人都往外撤，只有他僵在被窝里，好像还在留恋这个女人的温存。等到周游送走别人再进来，叶茨才开始穿上衣。周游瞥了他一眼，问，对这个姑娘有感觉？叶茨什么也没说，他脸色怪异，走路一瘸一瘸的，好像失去了平衡。

那段时间，同学们该找工作的找工作，该考研的考研，莫汉武也从宿舍搬了出去，叶茨想嫉妒都找不到明确的对象。有一天，莫汉武回到宿舍，见叶茨举着一支烟，便打着打火机，递过来，还问：

"兄弟，还在写诗？"

叶茨嫌他语带鄙视，不免心头冒火，舔了下干裂的嘴唇，说，屁。也是说了这么一句话，好像才意识到自己态度恶劣了，又说，为毕业了该干什么郁闷呢。莫汉武说，我听朋友讲，边防也招人，我也想去。叶茨说，你不和胡媚好好的吗？你走了，她怎么办？话一出口，他就有些后悔，好像一不留神暴露出了他的担心。倒是莫汉武没注意到话里的意思，说，将来的事谁说得准？再说了，去部队上锻炼个两年不也挺好？一去就是副连待遇。

鬼使神差地，他和莫汉武坐上606路车就去了雁塔广场。应聘简历早就做好，他的成绩单马马虎虎，补考过十来门专业课。唯一不一样的，他复印了自己在周游那本刊物上发表的十来首诗。找到应聘的地方，穿军装的人翻了翻他的简历，打了个长长的哈欠，问他，理科生？叶茨点了点头。又问，喜欢写诗？叶茨又点了点头。又问了他家里什么情况。问了几个问题，感觉和参军毫无关系。出来后，叶茨头一个念头不是担心有没有选上，反而怀疑这些人不太正规。每天看着人越来越空的学校，他照例愤怒又焦虑。不曾想，一个星期还没过去，接到电话，说要是体检没问题，就可以跟着他们走了。找工作不是应该很难吗？他都准备好了吃点苦头。叶茨满脑子疑惑。可他顾不上思考更多。同学们都有了去处，他总不能再死皮赖脸找父母要钱了。听到莫汉武因为查出了梅毒落选，叶茨还有些失落。这么看来，他还要和胡媚继续纠缠了。

叶茨没时间整理这些乱麻了。周游听说他要去海南边防，还专门叫了几个玩得来的朋友小聚了一回。喝了几杯酒，叶茨的情绪才起来。周游说：

"海南好啊，有比基尼美女，还有走私船。"

剩下的话周游没说出来，但别人似乎都想到了。大家又使劲碰了一回，喝到快到熄灯铃响，才摇摇晃晃回到宿舍。

坐着火车一路南下，火车轮子咣当咣当响着，叶茨也以为终于熬出来了。部队集结在文昌。到了驻地，才真切体会到部队的生活并没有想象得那般惬意。根本不用他去拦截什么走私船，更别提什么阳光沙滩。连长听说他的特长是写作，就把写材料的任务交给了他。年中年底，没少熬夜。这他也认了。终于不用待在大学，不用受单相思的折磨，还有一群天南海北的战友一起训练，叶茨也没觉得部队生活有多可怕。要是还在学校，可能很容易就会看出他处境的可怜，然而这是在部队，每天都在忙忙碌碌地训练，他哪里有单独的时间和空间哀怨人生呢？

除了写写材料，叶茨很少拿起笔来。之前，他喜欢自由，受不得一点管制，稍微遇到点麻烦就牢骚不断，更不可能主动做什么事情，现在呢，什么事情来了，撩起袖子就干，也不和人计较。那些烦琐的公文，他理解不了，也会照领导的要求，一遍又一遍修改，磨到领导满意为止。有时候领导嫌他理解不了，会吼，他有抱怨，也难过。不过更多的时候，他表现得特别谦虚，反而弄得领导没了脾气。日常的训练，也不甘人后，别人训练三个小时，他会给自己加一倍。他跑步，做引体向上，把自己晒得更黑了。

到了第二年，因为在各项训练中的优异表现，他受到了嘉奖。

期间，和战友们到文昌城里玩过一回，看到摆摊的人，看到眯着眼睛晒太阳的老人，看到街上的每一个人，都在专注地做着自己的事情，那些活泼泼的人生切面，就这样毫无遮拦地推到了他的眼前。他这才意识到，都过去了这么久，他还是没有找到人生目标。

正是最不甘心的年龄，哪有那么轻易地承认自己不行？转业的念头就是那时开始滋生的。都两年了，他还是习惯不了南方生活，这里潮热，成天浑身黏糊糊的，汗湿的军绿色T恤干后总是留下恶心的白色汗渍，自己就像一条快要晒干的咸鱼。吃的喝的，永远有那么一股熏人的腥味。他怀念神木。那座从小长大的城市是脏了些，好像也没什么好玩的去处，却有他熟悉的一切。更何况，落后又能说明什么呢？恰恰说明这是一个有发展潜力的地方。父母也在催。

"你小学同学叶明远，你还记得吗？小时候经常来家里蹭吃蹭喝，现在可是发达了。他不知怎么就认识了买家和卖家，中间一倒腾，一分本钱不花，从去年秋天到现在，还不够一个整年呢，挣了八九百万，家里买了五辆车，喝酒洗脚，抢着买单。"

父母还说他孩子都有两个了。父母说来说去，就一个意思，眼看着黄金就堆在脚底下，就是没有精力去打捞。而他们培养了半天的儿子，都这么大了，钱和女人什么也没折腾下，竟然还沉得住气天天在部队里做操喊口号。

人们挖煤都挖疯了。父母急得要死。叶茨坐不住了。他好像这个时候才反应过来，对啊，当年追不上胡媚不就是因为没钱嘛，而现在，父母给他指出了一条光明大道。

三

当兵第三年，叶茨转业，回到神木做了一名武警。

上班头一天，他到每一位领导的办公室都坐了坐。他给他们递烟，自己也拿着烟，好几次都差点点上。他这么转了一圈，得到最多的回应就是：你还这么年轻，好好干。

他是想好好干，可也不知道能干些什么。二十六岁的他，之前除了学校，就是军营，过的差不多完全是一种理想主义生活。有时候琢磨，他之所以能在部队里待那么久，说到底，那些独断、崇拜、集体主义，和他的诗歌信念不无相符之处。等到真的回来，他无所适从了。说是武警，还是干老本行，坐办公室，给领导写材料。他倒也没打算好好上班，问题是看到每一个人都比他脑子机敏，还是百般不适应。坐到办公桌前，他展开纸，写了一个简短的计划。说简短，内容也不少。比如，要找一个结婚对象，要攒人脉，要赚钱，几乎每一条，都需要他投入大量精力。

同事好心问他，找对象有什么条件。他说，能有什么条件，女的就行。说完还打了个哈哈。他认为自己的毛病一大堆，哪里还敢要求对方？虽然经常因为想女人想得发狂，但他认为自己早就不会和女人沟通了。谁知同事却上了心，不久，同事抄了个手机号和QQ号给他。

"她叫贾丽，你们先聊聊，合适了就见见。"

姑娘在幼儿园上班。头一回见面是在肯德基。按约定时间，到了门口准备告她，才发现贾丽早就坐在那里了，还给他点了一杯柠檬茶。姑娘并不是他喜欢的类型。长相不入他的眼，另说，主要是她的话太多了。他不明白，她怎么能做到一副和他自来熟的架势。她好像恨不得一口气把这半辈子的事全抖搂出来。说了那么多，叶茨就搞明白了一条：她二十五了，虽然工作一般，但因为有个在武警工作的亲戚，一家人在神木过得也还行。单单活下去是没什么问题，只是成天和一群小孩子打交道，也让她困惑：

"难道这一切就是我想要的生活吗？一辈子呀。"

后来，叶茨反复回想，他之所以没注意到更多的细节，就是被贾丽这句话蒙蔽了。他一下子找到了认同感。他甚至都没想到她会那么自然地叫他"小叶"。她问起他之前的经历。叶茨说从学校一出门就去了海南边防。不光是海南，还是边防，姑娘好奇得不行，问，那应该很有意思吧？能有什么意思呢？天天看守一片西瓜地。他的脑子里闪现出自己趴在办公桌前写材料的情形。可能他做梦都认为就是守一片西瓜地也要比写材料有趣吧。他散漫又夸张地说起在海南的生活，间或把听到的一些传闻杂糅进去，好像他的那段人生也并不是他曾经认为的那么平庸、乏味。贾丽明白他是在说笑，托着腮，等着他再讲下去。他说他就是因为做什么都是一股学生腔，所以吃了太多亏。他说起当年写诗的岁月，那些让周游惊为天人的语言天赋，不过是他东拼西凑起来的。他说的全是实话，只不过感觉更像是谦逊地评价自己。他挑挑拣拣，专门为贾丽炮制了一副形象：作为一个有才华并且理想并未幻灭的转业军人，他正津津有味地与火热的时代打成一片。就是讲起这些，他也是特别的无辜。好像他在学校、在部队过的那种理想主义生活，那时时刻刻为信念而牺牲的价值观，一下子就灰飞烟灭了。生活变成了无数碎片。"我现在就是在打捞。"他用了个巧妙的双关语，好像他变得那么市侩，也并没有忘记曾经的理想。他谈到如何挣钱时，贾丽的眼睛已经瞪圆了，好像那些她平日里只敢在心底幻想的场景都被他轻松地描述了出来。他甚至不无轻佻地暗示她，只等后院安定下来，他就可以轻松出击了。喝完柠檬汁，贾丽仍没有要走的架势。叶茨看了眼手机，说，快到饭点了，要不我们换个地方再聊？

贾丽嘴里还含着饮料，忙不迭地点头。直到站起来，叶茨才看清她的身高。好家伙，比他还要高半头。等到吃完饭，到了家，他还是想了半天，琢磨该给她发一条什么样的短信，删减了半天，最后也只是不咸不淡地问候了一句。在短信里，两个人又聊了半夜。

"我才反应过来，你说你还写过诗？"

"做学生时不知天高地厚瞎胡闹呢。"

"长这么大，我都还没收到过诗。"

叶茨好像听到了姑娘的叹息。他说了句你等着。结果熬到第二天凌晨，才写出了半页分行的句子。他头一回感到无话可说。他想不起当年是怎么在日记本上填满整页整页对胡媚的思念的。第二天要不是贾丽问起来，叶茨可能还要持续沮丧一阵。他说写得太垃圾了，再给点时间。这话很直接了。贾丽说她一直听人们说什么一见钟情，她还以为他对她有点感觉。叶茨忙不停地解释，说是当兵几年，净写材料，得换换脑子。

有空就见面。白天如此漫长，夜晚太短了。好像因为贾丽，叶茨又恢复了活力。照贾丽的话说，他是她喜欢的类型，高，瘦，斯文，看上去有点羞涩，认清他本来面目了，感觉还挺男人。部队留在他身上的痕迹慢慢消失了。简直有说不完的话。也没什么内容，好多时候，都是她在那里说个没完没了。大中午的，她也来找他，说是得盯紧点，怕他被别的姑娘撬了。贾丽这么说话，叶茨内心里是高兴的。他从来没觉得自己会在一个人的心目中这么重要。吃了饭，她还要去他的办公室坐一坐，进了办公室，又死活赖着不走。他总是说，再不走，同事们来上班，看见我往办公室里带女的，怕是影响不好呀。她就说，你老实交代，是不是经常往办公室带女的？见叶茨不说话，她又说，看来被我说中了。我真走啊。可出了门，她返回来，推开门说，我真的走了啊。叶茨说，走吧走吧，你下午不是还要上班吗？她拉上门，在外面站了会儿，好像还听见他在哼歌，又猛不丁地推开，说，我走了，你都不出来送送我啊。叶茨好像被她孩子气的做法逗着了，说，哎呀，别折腾了，快走吧，时间真不早了。贾丽出了门，想了想，却又返回来，再推开门，说，叶茨，你好没良心，我走了，你是不是可开心啦，还唱歌。叶茨说，那你让我哭？你这是没完没了吧？贾丽好像是神经质了，过了一阵儿，又来推门。她还没开口呢，叶茨却笑了起来，说，你简直就是个孩子。贾丽被人当作孩子，好像还挺享受的。过了一段时间，叶茨才反应过来，他自己都还没长大，哪里有经验照顾一个二十五六岁的孩子？一个二十五六岁的孩子，想想也挺可怕的。

　　他的精力旺盛得出奇，恋爱就够折磨人了，叶茨还想着怎么发财致富。都这个时候了，他哪里坐得住呢？回到神木，人们就关心一件事，怎么在煤炭生意中插上一手。那么多人都发财了，稍微用点脑子就能发财，能不蠢蠢欲动吗？他和每一个相熟不相熟的人打听，问有没有什么门路。一晃又过去了大半年，一桩生意也没谈成。还是贾丽点拨了他。大生意做不成，完全可以做点小买卖嘛。

他在一中对面开了个话吧。得空了，他就守在时常清冷的话吧里。虽然没人，却也能从日常的枯燥中回过神来。他也算是有副业的人了。他看得见店门口走过的每一个人，也听得见隔壁孩子们打游戏的吵闹声。他知道自己不是孩子了，可正在做的这些事情又让他不停地懊恼，他到底还是孩子气了。那么多能挣钱的门路不去琢磨，怎么偏偏开个话吧呢？他竟然想着一本万利。他看着门口的人，不知道他们接下来会走向哪里。他这么想的时候，就会继续想到接下来路过的每一个人。一天当中的大部分时间，他都在那里走神。从前梦想闲散的生活，等到真的坐在这里，他才明白无所事事的生活也实在煎熬人。

他喜欢神木的夏天，空气清新，二郎山上还有松树的香味。这个时候，他才感觉到这是他真真切切的人生，是无趣了些，不过命中注定，这是属于他的生活。偶尔和贾丽不说话了，他站在二郎山顶，看着远方，会无端想起和胡媚在终南山度过的那几天。不过这样的时候并不太多，他一直在考虑，贾丽到底适不适合结婚。

有几天，贾丽来找他，问他怎么不给她打电话。他嫌她质问他，声音不免高了些。贾丽态度倒是软了下来。叶茨越发感觉没意思，好像真是厌烦，竟然连个架都吵不起来。到头来，还是贾丽问他，叶茨你是不是一直都这么始乱终弃？这话难听了。他更不想解释。贾丽又说，一个男人狠得下心来，肯定是有了第三者。她见他没反应，就伸手，抢他的手机。手机里其实也没什么秘密，他还是被她的行为激怒了。一个女人的脑子里成天琢磨的都是宫斗戏，他怎么喜欢得上来呢。这话还不能说。要说出什么宫斗戏，贾丽马上会咦一声，好像他太看得起自己了，动不动就把自己当国王。他夺过自己的手机，态度恶劣得很：

"你他妈能不能不要这样？你他妈的知不知道你这样做就像个神经病？"

贾丽问他凭什么骂她妈。他怎么是骂她妈呢？这是语气助词。语气助词，你不明白吗？贾丽肯定是被他狰狞的面孔吓着了。她连说了好几个好。她问他是不是又有别人了。叶茨说，我天天和你在一起，去哪里找别人？贾丽说，既然没有别人，我看看你的手机，你干吗那么紧张？叶茨说，隐私你懂吗？你懂不懂尊重一下别人？贾丽再次笃定地看了他一眼，好像越发认定他出轨了：

"前两天我去看大仙，就说你这个人手里还有一个姑娘。看来真是被说中了。"

他没想到都什么年代了，竟然还会有人去相信一个素不相识的算卦人。他和她价值观完全不一样嘛。他想起有一回在她家里，不知怎么就说起了自己的哮喘。她妈肯定没反应过来他为什么要说这一茬。这个快六十岁的女人说，哮喘啊，哮喘是大不孝，以后孝顺一点就好了。这是什么样的对话呢？他憋得慌，再不想多话。这都是什么样的母女？他还是不吭声。贾丽活生生把火气压下来了，又问，叶茨你到底想不想结婚？他从来没料过一个女人竟如此渴望结婚。他想起胡媚甩他时的冷漠，鬼上身似的，说，结婚？你觉得我目前一事无成的德行，你敢嫁吗？贾丽说，不是我敢不敢嫁，是我问你还打不打算结婚。叶茨被她的态度彻底惹恼了，说，结你妈 ×。

"好你个叶茨，你不和我结婚你早说呀。我好傻呀我。"

"你就是个傻 ×，你的所作所为，都让我觉得恶心。我真是痛恨自己的眼睛，我怎么会认识你。"

叶茨没来由一通夹七夹八，直骂得贾丽摸不着门。到了后来，她缓过来了，开始还击。两个人把对方的缺点数落了个遍。原来两个人都在忍着，这下好了，不用再刻意表现了。

过了两天，有好几个同事和叶茨聊天。她们委婉地夸赞着贾丽，还说他的眼光好。看来这是她找人来劝和了。说贾丽挺好的一姑娘，好好处吧，不要这山望见那山高了。原来贾丽是同事的亲戚。说是同事，也是局里的一个领导。同事都和人说了，准备吃他叶茨的喜糖了。听说的人都附和，说叶茨这个小伙子人不错。

　　本来，吵完架，叶茨也后悔。他知道她如何鄙视他，都是一时意气用事。他只是没想到她的补救方法是找外援，好像搬出她的领导关系就能让他乖乖就范。一想到得因为这些原因去妥协去道歉，叶茨就特别的愤怒。一直以来，他痛恨的就是这样的人，谁知自己却不明不白卷进了这样一种关系网里。

　　不知道是因为吵架伤了神，还是确实没有用心工作，这天，领导把他叫到办公室，问了他到底怎么回事。没头没脑的话，叶茨听得心底发虚。嗫嚅着，半天没说出一句囫囵话。领导说，你是不是嫌我们这里庙太小？领导说的话越发直露了，说，我倒是听人说有的同志正经工作不好好做，竟然一心想着吃夜草。你还是军人。叶茨知道领导这是在批评他了。他站得笔直，只是不停点头。

　　有一天，和远在北京的周游打电话，不知怎么说到了部队上的事，周游问他这么多年都在部队里干了些啥。

"能干啥，天天看守一片西瓜地。"

关于在海南边防都干了些什么，叶茨最喜欢和人说的就是，看守一片西瓜地。好像这么自嘲一下，也比成天苦哈哈地写材料要体面。后来，叶茨还是没忍住诉苦。他说他转业回来，以为能搞点煤矿生意，谁知道还是坐办公室，写材料。

"当年要不是被你毒害了，去写什么诗，我能成个这？"叶茨好像也被自己的怨天尤人吓着了。"你说说，为什么大家一听说我的特长是写作，就让我去写材料？"

周游现在中央电视台做编导，说是编导，其实也就一临时工，上面有什么任务了，需要个什么样的片子，他就拉起一帮人拍回来。周游说：

"兄弟，不要发牢骚了，来北京转转哇。"

四

终于从安河桥北地铁站走了出来。

周游偏着腿，骑辆自行车在那候着。叶茨本来失魂落魄的，见到周游，好像这才踏实了，上去就杵了他一下，说，几年没见，兄弟，有点意思了啊。周游双手从蓝色仔裤里抽出来，摸了摸自己的平头，说，靠，上车哇。叶茨坐在后面，看着一路上的车和人，想，这就是北京啊。他长吁了一口气，好像自己的心胸也跟着舒展了起来。到了租住的地方，电视里还在播放残奥会的闭幕式。周游问，都还想见谁？他说话的口气，好像只要叶茨吱一声，就能把他想见的人都喊出来。叶茨说，你决定哇。扫了两眼，周游给几个在北京的同学打电话，不巧得很，都有事。周游说，算了，就咱俩出去喝一口吧。还没走出小巷，就听见响声不断。叶茨问是什么声音。周游说，刚刚不是在电视上看了吗？运动会闭幕了，在放烟花。叶茨像是才反应过来，大笑了几声："真他妈来到北京啦！"

饭馆是小了点，木炭铜火锅架起，却也吃得人浑身冒汗。一人喝了瓶啤酒，又上了两瓶。快吃完，叶茨才擦了擦眼镜，问："我过来，不会影响到你和小董吧？"

"快别提了。我这成天都是拍些突发事件。你知道小董怎么说我吗？说我就是雷声大雨点小，拍电影拍电影，三年了，拍了个屁。"

叶茨知道小董研究生学的就是电影理论，毕业后就留了校搞电影史研究。他听周游大概谈过，刚好上的那阵子，周游动不动就拍些 DV 短片，小董好像是相中了他在电影领域里的才华。他也确实和人说过，侯孝贤、杨德昌、姜文、贾樟柯的能耐，早琢磨透了；黑泽明、小津安二郎、克日什托夫·基耶斯洛夫斯基的底细，他也清楚。但凡和人谈电影，他脑子里马上就能给人排出一部戏来。结果小董研究生都毕业两年，周游的剧情长片还是停留在酒后牢骚阶段。叶茨想象不出小董发脾气是什么样子。他见过那个姑娘，小巧，一笑两个酒窝。在学校那段时间，周游和小董这一对鸳鸯，大家都看好，叶茨私底下没少表达过羡慕。叶茨说：

"小董还会欺负你？"

"嗨，别提了。"

周游说他现在电影理论、胶片观摩都差不多了，就缺一样，成块的时间。叶茨只是说：

"这两年我还在村里当村官。你抓紧，群众演员不要你一分钱。帮着宣传宣传咱村就中。"

周游连说几声操，举杯又要碰。叶茨说，我真是没你那么多想法，我要是有你的脑子，你说提个摄像机在神木扫上几圈，剪个纪录片什么的，会不会也在戛纳获个奖？周游眼睛也直了，说他夸张了。拍个纪录片要什么思想呢？

"最重要的是运气。"

这句话像是戳到了叶茨的心窝子里。他自认为智商不算特别高，不过比起周围的人，也不算特别差。看到他们倒煤，做得风生水起，而他，死活用不上劲。这不是运气差又是什么呢？他夸张地讲着神木的煤炭帝国，那些道听途说的故事，曾经诱惑过他、折磨过他的幻想，再次被激活。

"不说拍别的，就拍点人们躲债追债的故事，也很牛。"

至于这样的故事到底如何与众不同，叶茨也没说出个所以然。后来就谈到了电影节。周游说，你有那么多优势，又认识不少煤老板，完全可以搞个策划嘛。搞个电影节怎么样？周游好像也为自己灵光乍现的想法激动了。叶茨还有些疑惑。周游说，就是套钱嘛。你天天吆喝，说要倒煤，说到底还是缺个平台不是？你有了电影节这个融资平台，钱不都流进来了？叶茨还在等着他继续往下说。周游说，要闹就要闹得像个样子。周游提到了几个关键词，纯正、自由、多元。周游甚至暗示，他和贾樟柯见过几面，如果能把他的关系用上，不愁找不到导演来参展。在周游的描述中，电影节已然办起来了。叶茨连说了几句我操我操。他好像在纳闷自己怎么就没想出这么好的点子。他喝多了。周游还在那说话。他说到了北京，这么大的地方，不能漫无目的地瞎转，得有个计划。

"我都给你安排好了。吃地道北京馆子，逛南锣鼓巷戏剧节，兄弟想看看装置艺术，还可以去798。这么一圈下来，北京的精粹差不多也得一半了。"

周游的舌头已经卷起来。叶茨只是嗯嗯。到了周游宿舍，脚都没洗，就沉沉睡了过去。

第二天起来，周游已经上班走了。叶茨洗漱完，做了四十个俯卧撑。喘着气瞪着外面的街道，也不知道该往哪里去，索性缩在电脑跟前听王玥波讲评书。中午周游打过来电话，叶茨放下还没吃完的方便面，说他刚去外面吃了驴肉火烧。周游说，靠，晚上等我，一起去王府井。叶茨说，去什么王府井，带我去个接地气的地方。周游说，那就西单吧。

也是等到酒醒，叶茨才特别的懊恼。他想起自己喝多了酒，虚张声势、气焰嚣张的样子。他总是这样，平日里言语沉默，做什么都谨小慎微，喝了酒，就完全变了一个人，好像整个人都热情有力，散发着无穷的光芒。只有他自己明白，自己是如何脆弱可怜。只有仗着酒劲，他才会骂看不惯的人和事，才敢去抱那些平日里都不敢正眼看的女人。就像现在，酒醒了，满脑子全是后悔和可怜。别人都在生气腾腾地生活,他跑到这里来是在干吗呢?吃泡面,看电视,神木不能看吗?

他是临时决定马上回神木的。到了西站,叶茨才给周游打电话,说家里有点事。他说的语气那么急迫,好像他真是忙得不行。周游又连说了几句操,表达了很多遗憾。叶茨说:

"我代表我们村九百多人欢迎周导来投资拍电影。"

周游笑起来,叶茨也跟着哈哈大笑。周围有人在看他。挂了电话,叶茨在大厅里站了一会儿,上车时间还早。他看见一个女人带着个孩子走过来,问能不能给她一块钱,她就差一块钱买票了。当时他还愣了一下。想不明白为什么要给她一块钱。女人见他疑惑,掉转头又拉住了别人。他整个人骤然停住,掏出钱包,想都没想,就给了她几张五十还是一百。而女人呢,仍是不卑不亢的,说了个谢谢,顺手把钱放进口袋,又去扯另一个男人。他看了半个来小时,女人十回有五回都能成功。也是看着这个女人,叶茨又认真地想了想昨晚周游的提议。他要是也有这么好的耐心,只要他把方案做得足够吸引人,神木那么多老板,就没有一个欣赏文化的吗?有那么一个,一个就够了。

火车出了石家庄,突然慢下来。暮色中,他看见火车在隧道里进进出出，一些含混的想法正在他的脑子里形成。他想起这么多年自己的所作所为，也不算是太敷衍，只是总缺了那么点坚持。他翻开理查德·耶茨的《革命之路》，是从周游那拿的。他没怎么读进去。有小孩在哭闹，还有人在大声地唱着歌，方言太重了，他没听明白，倒是其他人听她唱一句，就哄然大笑，还拍掌叫好。他皱着眉头扭过去，看见他们戴着一样的黄帽子，意识到他们这群老人刚刚朝圣完北京，兴奋劲儿还没过去呢。叶茨侧了侧身子，挑了个舒服的姿势，看见身旁的姑娘正举着葱白的胳膊涂口红。姑娘涂得那么专注，抿完嘴巴，又张开嘴，喝了口牛奶。这时车到太原，姑娘提着包，要他让一让。整个车厢都没几个人了。他再次翻开小说，看到男女大吵一架的时候，突然嗓子紧了一下。他不知不觉就沉了进去，想着那个男人怎么可以如此执拗，难道他就看不见这个女人的困境吗？他再次看了看作者简介。很久之后，他还会和人谈起他读过的不多的几本小说。关于这本小说都讲了些什么，印象不深。他总是说，那个作者挺帅的。他好像还沉浸在最初阅读的震惊里，完全难以想象，一个长得那么好看的男人，竟然对人世领会得如此通透。他唾沫横飞，又着急，又真诚，特别渴望一个理解他的人去看看那个男人的长相，好像这样也就理解了他，理解了那作品的格局。

五

元旦前一晚，周游打来电话，说已经下了火车，从榆林坐上了大巴。

大巴车上，一直在放《金源时代激情之夜》的碟片。周游看了一阵，开始还跟着笑，后来脸就有些僵。邻座是个姑娘，一路上与人大谈办彩妆培训如何赚钱。有时候听到电视里带有性暗示的对话，她总是低下头，干净的耳根发红。周游不觉看得呆了。还是姑娘把眼神迎过来，他才扭向窗外。一路上就这么东张西望。快下高速时，看到灰突突的窑洞，不远处直插空中的烟囱，因为修高架桥满山被挖得乱七八糟，他脱口而出就是我操。坐上叶茨的夏利车，周游的情绪还没有降下来。

"那村子，那窑洞，真叫个绝了。真牛B的诗意。好莱坞搭的场景也不过如此。"

周游一心计划的是马上投拍的片子，叶茨只是盯着前方的路，没有接茬。周游搗了他一拳，问咋啦，叶茨说，不咋，女人的那些事。到了土菜馆，上了两扎啤酒，周游又说开了电影的事。他问叶茨：

"你有信心吧？啊，来，我们先喝了这杯酒就决定拍啊。"

"都这来大岁数了，钱和女人，啥也没闹下，生活压力大呢。"

一句话说得周游倒笑了，又连说两句我操。叶茨说他现在还要给原单位写材料，又是村里的支部书记，话吧倒闭后，又和朋友合伙开了个台球厅，每天东奔西跑。周游听出叶茨话里的意思了。

"知道你忙。忙一点充实。说正经的，你看看，我把配音的那些碟片都带来了。"

叶茨推了推眼镜，好像这才回过神来，说："我去，你这回是当真的啊。拍不拍，你说了算，你是导演嘛。不过得空了，你可以去咱村里看一看，先采下风。"

周游听得笑了，放下杯子，又从包里拿出黑色墨镜往脸上一蒙：

"像吧，还像吧。听我说，叶子，片头片尾我都想好了，片头要打一个'神木电影公社'，然后是哗，大提琴起，然后女人走过来。你想想，这张力，这诗意——"

"可是厚重感呢？"叶茨喝了两杯啤酒，疯闹的劲儿也跟着上来了。

喝酒的间隙，叶茨给职业技术学院的朋友打电话，说是来了个北京的导演，要去学校挑演员。吃了饭，面了几个学生，孩子稚嫩得很，离周游想象中的场景差得太远。演员迟迟定不下来，叶茨说他还得去照看台球厅。玩了会儿台球，他说："要不这样吧，旁边就是网吧，你先去那里把剧本写出来，完了晚上我们再讨论一下，看看有没有拍的必要。"

周游说好。期间，叶茨进来几次，看看剧本的进度。周游戴着耳机看《偷自行车的人》，看一阵儿，就写几行剧本。到十一点多，凑了二十来个镜头。叶茨再进来时，周游说差不多了，剩下的可以现场发挥。

第二天，叶茨又叫了几个朋友过来。他扛着借来的摄像机，对周游说，这就拍啊？周游说，拍不好，就在你的村里待着，我就不信熬不出一部好片子。同来的几个人就笑。去村里的路不好走。叶茨一直在说话，他说山上种树的每个窝子他都熟悉，是一个一个数出来的。有人问他数没数过村里的留守妇女，叶茨不说话，只是跟着哈哈笑。倒是周游没怎么吭声。看见灰秃秃的山岭，周游也晃动着摄像机拍。看见一个小镇，周游也要停下来拍。镇上的人很好奇，看见摄像机上"神木电视台"的字，还是很配合。只是他们不明白周游对着那些常见的小市场晃来晃去晃个什么劲。叶茨也不明白，周游说，就是要拍这样一些空镜头，到时做后期剪进去，可以转移人的审美疲劳。叶茨没想到周游会讲这么书面的话。好在周围的人除了张望几眼，也没凑过来。

看见桥，周游说："这桥真好。"

看见跑着的狗，说："这狗真好。"

看见村子里新建起来的剧场，上面署着"和谐剧场"四个镏金大字，说："这剧场真好，比北京的人艺都有感觉。"

村子叫白孟庄。白孟庄没什么人，安静得只听见狗的叫声。走了一会儿，穿过好几户人家，不是因为房子太破不满意，就是因为房子上了锁进不去。好不容易找了家门开着的，里面却有一只大狼狗在院子里蹲着。叶茨叫了半天，也没见人出来应答。周游走进去，趴在窗户上往里看，只有一个小孩在桌子跟前做作业。周游咬着舌头说，能不能把你家借一会儿？小男孩有些腼腆，什么都没有说，埋下头，跑出去赶狗。狗的声音低下去，叶茨说，就这？周游说，就这。他开始给演员讲故事。

没有移动轨道，周游就把摄像机放在平板车上。平板车是房东装垃圾用的，里面尽是狗屎，冻得硬邦邦的。叶茨边干活儿，还说："这个道具好，太伟大了，也只有我们能想得出来。别人肯定也能想到用平车，但谁会想到还会用装狗屎的平车呢。"

　　从窗外拍室内的镜头时，高度不够。叶茨在旁边喊，给我们周导把那个垫脚箱拉过来。几个人扶着平板车，周游一步跳上去，让演员靠在炕边瞪着看天花板上的旧报纸。

　　正忙个不停，房东回来了。看着满院子陌生人，她有点不知所措，以为发生了什么事。等叶茨说了下大致的意思，她明白了。进去端了杯茶，就站在狗窝旁守着，好像生怕狗乱叫，影响拍摄的效果。下午三点，周游想看看先前都拍了些什么。可是打开一看，才发现，叶茨居然把录音的那根线插错了，整个就是一默片。周游的脸色一下子变了，直喊算了，算了。到底没忍住恼火，冲着叶茨叫唤，说，你他妈做的都是些什么事儿。叶茨倒笑了起来：

　　"没有场记没有编务就是不好。不过，你也不要着急嘛，你看看总共也才拍了十来分钟，大不了重拍一次。"

　　到底是导演，周游压下火，又重新开始。看到镜头里的演员表现得越来越自然，周游说："绝了，绝了，有戏，有戏。我要把拍的这几个镜头卖给贾樟柯。贾樟柯拍得也不过尔尔。"

"是几组镜头，不是几个镜头，一定要专业，要用专业术语。"叶茨好像比周游还兴奋。

叶茨时不时地就会想起这回跟着周游拍电影的事。他总想着电影是工业，复杂得很，却没想到自己动起手来，会如此简单。当然，更多的时候，他想起的都是拍了半天，结果发现没有声音，还得从头再来的情形。他不太相信命运，只不过在反反复复的回忆中，某些场景被强化了。有一个场景他一直记得，村里空荡荡的戏台前，他们推着平板车凝神屏息，生怕弄出意外的举动，毁了正在拍摄的好戏。空寂的村子里，困在笼子里的狗也不叫了，只是瞪着眼睛看着这群来历不明的人。

片子没剪出来，周游就回了北京。叶茨有时给他打电话，问起电影后期的事。那头的周游好像忙得不行。倒是叶茨却像上了瘾，成天想的都是怎么策划神木电影节。

又过了半年，周游打来电话，说他准备结婚了，姑娘搞的是外贸生意。叶茨心里一紧，知道周游的电影到底也没挽回小董的心。还能说什么呢？恭喜完了，又说他拿出了电影节的可行性报告。

"你帮我改改。"

周游好像懵了，脱口就爆了句粗话。他看了两眼报告，给叶茨打电话，说写得太随意了。叶茨问，然后呢？不能给个具体的建议吗？周游说我再想想。过了些天，周游也没联系，叶茨也没多问。

有一回喝酒，碰到县旅游局的人，酒喝多了，说起搞电影节的事。对方兴趣很大，说，你拿个方案嘛。虽然是酒后的话，第二天，叶茨还是把方案发了过去。又上网搜了半天贾樟柯，看见有他工作室的联系方式，打印了一份寄给了他。

仗着喝多了，叶茨给周游打电话，说，哥们儿，兄弟已经将可行性报告寄给贾导了，你能不能通过关系提醒他一下，这样兄弟的事情就可以往前再推一推。周游那边像是在参加什么酒局，嘈杂得很，不过并不影响周游说教他，我操，你丫能不能现实点，瞎逼吹吹牛乐和乐和你还真当真啊？叶茨说，我怎么就不现实了？你不知道我有多厌恶这个地方，冬天漫长，春天也是那么短，我成天就在这里走来走去，周遭的一切就像是一座监狱。要不是你来拍什么电影，鼓励我搞什么电影节，我差点就以为我会死在这里。他没说只有真正拿上摄像机，到处和人联系，才真正感觉看到了那么点希望。

周游嫌他抒情，态度相当不友善了，说，你这是又喝酒了吧？你要是成天就这么喝下去，别说拍电影，你就是看电影也未必能看懂。

"你就说吧，你帮不帮兄弟。你要是兄弟，就帮兄弟最后一个忙。"叶茨大着舌头，感觉自己像是正在谈一笔大买卖。

"帮个屁，你以为我是谁？兄弟我都三十岁了，掂量掂量自个儿，务实点哇。"

醒来后，叶茨差不多忘了自己说了些什么。

接下来的一年他没闲下来，父母催他见姑娘，都是抽空。遇到孟小冬之前的那一阵子，除了搞策划，就是读小说。他可没少读小说，福楼拜的《包法利夫人》，托尔斯泰的《安娜·卡列尼娜》，索尔·贝娄的《赫索格》，约翰·威廉斯的《斯通纳》，乔纳森·弗兰岑的《自由》，都看了。看得越多，他越是发现，自己也像那个愚蠢又懦弱的郊区男人。只是属于他的那个爱幻想的女人呢？他甚至不无绝望地想到，要是读过这么多小说，最终还是选择那样一个女人，只能说明他的智商确实有问题。

他感觉孟小冬不像是那样的女人。姑娘听说他在搞电影策划，还挺欣赏，说年轻人就得努力折腾，至于能不能成，并不重要。这话叶茨爱听。到了这个年纪，他找女人不像从前，想着能不能聊得来，而是看她们能不能给自己的生活带来点积极的变化。孟小冬能不能给他带来积极的变化，叶茨也不敢确定，只不过感觉她像是个通情达理的女人。

正说着话呢，周游打来电话，说贾樟柯去榆林了，你知道不？叶茨就哈哈笑，说，真的假的？送上门来了，铁定得去看看。挂了电话，又问孟小冬，这就去榆林和贾导商量合作的事啊，想不想去玩一趟？孟小冬倒是识趣得很，说，你忙正事吧，我这两把刷子还能上台面？不丢你的人了。叶茨就说，看你说得。临别，他和孟小冬留了个电话，还说要多联系。姑娘笑了笑，说，就怕你没空。

到了榆林，也找到了贾樟柯住宿的酒店，却一直等到晚上酒宴的时候才见到贾樟柯。喝了点酒，叶茨什么都不怕了，走上前去打了个招呼，直接就说起了要办电影节的事。贾樟柯态度也很好，说，这个想法很好，你办吧。虽然这话说了跟没说一样，叶茨还是兴奋得很。他跟贾樟柯合了张影。事后还不忘发给周游。打电话的时候，叶茨还没扔下酒瓶。他嘴里全是天马行空的想象，好像电影节马上就成了。

周游啊啊了几声，说信号不好，先挂了。挂了电话，叶茨又给熟悉的人拨电话。给贾丽拨，贾丽直接就挂了。又给单位没结婚的同事拨。开始她们还很惊讶，好像没想到这个时候他会打来电话。说着说着，叶茨嘴里就是胡话了。她们挂了电话，他又给结了婚的同事打。他好像激动得不行，要把得到大导演支持的事告诉给每一个人。

第二天醒来，叶茨才后悔。他看着手机里的通话记录。他竟然在酒后给单位的那么多女人打过骚扰电话。他想起平日他还像个人样，没有想到自己喝了酒会是那样可怕，哪里还有什么德行？他完全想不起自己都说了些什么了。有那么两天，他提心吊胆，生怕别人问他为什么喝那么多酒。结果根本没人注意到他。

没人问他喝酒的事，也没人关心他的电影节。

六

单位的事能躲他就躲了。

叶茨动不动就去电视台借摄像机，亲戚还纳闷，他一个写材料的，成天扛着个摄像机干什么呢？叶茨也不解释。平日里，他在大街小巷乱窜，看见有意味的镜头就拍下来。

周末碰到孟小冬加班，他就开着夏利车满山转悠。有一段时间，跟中了邪一样，竟然动不动就跑到贺家川专门拍黄河，好像滚滚流水里有太多值得玩味的镜头。后来索性放下摄像机，只是捡些样子特别的石头。烈日底下，翻捡石头到底无聊，索性枯坐在河边。刮风去，落雨也去，有两回睡不着，大半夜也开着夏利车跑过来。黑夜里，听见大河滔滔，真是惊心动魄。

积攒的素材一多，他又去网吧下载了个视频剪辑器，剪了两个十几分钟的短片。发在人人网上，同学们还点了一圈赞。点完赞，有的同学说没有看懂，为什么要用那么长的镜头一直拍黄河流去呢？叶茨就笑，说他拍的是时间。这话还是有些装。他在黄河边一坐就是半天。也不是多么喜欢黄河，就是窝在这里的时候，才觉得心里不是那么麻烦。

他无数次有跳进黄河的念头。他看着浑黄的河水不断地流淌，好像那流逝的水中有无穷的诱惑。确实他是想通过摄像头展现他的忧伤和绝望。事实证明，连最熟悉他的朋友们都没有读懂他内心的隐秘情感。到了最后，他也只能跟着大家哈哈一笑。清醒了还会暗骂自己几句。

电影没拍成什么样子，单位新来的领导听说了他的导演能力，元旦的时候说是内部也办一个联欢晚会，要他来搞策划。和周游说起这件事，叶茨还有些悲愤，说这是把他当什么啦，他的才能难道是用来排一个不入流的联欢会吗？倒是周游适时打断了他的话，劝他，难得有领导欣赏，干吗不好好表现一番？

叶茨不喜欢周游用这副口气说话，过去那个能和他一起说说笑笑调侃生活的朋友不见了。他有些泄气。不过冷静下来一想，又感觉周游说得句句在理。这么多年，除了在相亲的时候，和那些陌生的姑娘吹吹牛外，他的生活一点起色都没有。说到底还是不成熟啊。等到有一天和领导们吃完饭，他主动跑在前面又是推门，缩肩耸背，让领导先出门，看着他们坦然地坐上了车，才觉得前所未有的踏实。

周游在老家蓝田办婚礼那天，叶茨和几个同学跑过去参加了。朋友们在车上有说有笑，他偶尔也会说起和周游干过的糗事，还说他做梦也没想到周游真的会和一个与小董完全不一样的女人结婚。

等到真的看到了新娘，叶茨好像又理解了。新娘要比小董更漂亮，至少化妆后看起来是这样。周游一口一个我媳妇儿，介绍叶茨时，说他是诗人，是导演。周游说得那么随意，叶茨却听得有些别扭。周游和他们打了个招呼，又去招呼别的客人。在婚宴上，叶茨也没有闲下来。他照例打开摄像机，胡乱地拍摄。典礼开始前，叶茨坚持要新娘对着摄像机说点什么。新娘到底对着摄像机说了些什么，叶茨并没有听清。也是在镜头下，他专注地看着新娘。他也暗示过自己，这是兄弟的婚礼，他来了，应该为兄弟高兴，应该为他们祝福，可他只是盯着新娘，好像躲在镜头下，才不会说出冒犯周游的话。他也不是担心冒犯周游，他担心自己要是说出一些煞风景的话，肯定会让人觉得可怜。他越是想着自己不要表现成那样一副讨人嫌的德行，内心就越是蠢蠢欲动。他明白他这是在嫉妒了。多么不幸，他竟然是这样一种人！难道周游早就发现了？要不然，他怎么就突然冷淡下来，再不和他谈论什么梦想、人生的意义了呢？

在饭桌上，七嘴八舌，说谁又生了小孩，又谈论工资，比较待遇。叶茨叹了一口气，说：

"当年那么看好的一对校园情侣，居然说散也就散了。"

然后就有人提到了莫汉武和胡媚。他们说莫汉武毕业了一直在跑保险，而胡媚呢，去了电视台。在学校的时候，他们就不看好这一对。果不然，毕业没多久，莫汉武有一回就冲进电视台，对着一个什么制片主任扇了几耳光。说的人脖子通红，兴奋得很，在他们形象的描述中，这个莫汉武居然表现得挺爷们儿。他们说得那么开心，好像胡媚搞出的这档丑闻，让他们彻底松了一口气。有人可能注意到了叶茨的脸色，认定莫汉武输在了职业的欺骗性上。胡媚那样的女人怎么可能找一个跑保险的呢？甚至到了最后，好几个人都在羡慕叶茨，说他是部队转业的，工资高，工作又轻松。

"要不然怎么会有那么多时间培养自己的爱好？"

叶茨借着酒劲儿，表面谦虚几句，曲里拐弯地也讲了不少大话。中途，他上了个洗手间，对着镜子洗手时，他看着镜中的自己，又是挤眉又是弄脸，好像只有做着夸张变形的动作，才能让自己清醒过来。

临别时，周游还说，兄弟到时把片子剪出来发给我们啊。叶茨说好好好。在路上，几个人说起周游，其中一个说周游好像变了，说这个周游不知道是不是在北京待久了，居然有了北京腔。叶茨也跟着附和，说他不喜欢周游讲话的方式。他还特别肯定地说，现在的周游之所以会变成这样，肯定跟早年受过的刺激有关。一个人总认为自己足够有能力，结果没有得到应有的关注，心理不出问题才怪。

叶茨本来就是想说周游变了。人谁不会变呢？但说着说着，就变成了对他的人身攻击。没人再接茬。等说完了，叶茨就恨不得把舌头剪下来。这是要干什么呢？为什么喜欢编排别人的不是？

他极其不喜欢现在的自己。

七

再次见到莫汉武，是在毕业十年聚会那天。

叶茨改不了平日习惯，仍是拿着个摄像机到处乱拍一气。镜头一个个晃过去，他看见了莫汉武腆着肚子走进门来，胡媚挽着他的胳膊。叶茨眼皮猛跳起来。倒不是因为过了这么多年，看见他俩还在一起而嫉妒，而是胡媚不年轻了。他印象中的那个女人，那么年轻，富有活力，这才过去几年啊，虎背熊腰，肉滚滚的。

到了终南生态山庄，时间已经不早。吃了饭，就是分房间。又有人组织去KTV唱歌。叶茨主动要求清唱一曲《要死就一定要死在你手里》。唱歌之前，他说，把这首歌献给每一位美丽的女同学。还改了几句歌词。下台后，同学们都说叶茨成熟了。叶茨还笑。胡媚端着啤酒过来和他碰杯,问他,怎么变黑了?叶茨就说,可能是骑行晒的。胡媚说,得保重身体。胡媚大方得很,主动要了他的电话,又加了微信。胡媚说,下回来西安一定要打电话。叶茨呵呵一笑。唱完歌,晚上又有人组织打牌。叶茨没参与。他们三十来个人,住的是联排别墅,大家楼上楼下到处串门,独叶茨早早就睡了。也没睡着,就在那翻手机,怎么想起了当年往事,顺手就把胡媚的电话和微信都删掉了。

孟小冬打来电话,问他碰见初恋的感觉怎么样。叶茨就假装生气,说她胡说八道。到底是底气不足,又问她晚上吃了什么。孟小冬却有些不依不饶,说,你要把你们聚会的人都拍上,我要检查。叶茨说,你当我傻啊。孟小冬说,你这个人就是对我藏的掖的太多了,我总没安全感。叶茨叹了口气,说,别胡思乱想了。两个人又缠磨了一阵,才挂了电话。

第二天回市里,在车上,有人组织玩游戏,真心话大冒险。轮到胡媚,问她是选择真心话还是大冒险。她说要大冒险。都是成年男女了,出的节目也多和性暗示有关,就让她亲一个男生。胡媚呢,机敏得很,吧唧就亲了莫汉武一口。出节目的人就说,这算什么大冒险,好不容易有个福利,还不润泽到同学们身上?胡媚扶着椅靠背,东倒西歪地往车厢后面走。到了叶茨跟前，胡媚停住了，也没多问，抱着叶茨就亲。这一吻，一下就激活了叶茨当年的回忆。别人在车上起哄，独叶茨晕头晕脑的，心慌得很，别人一路嘻嘻哈哈，独他憋着气，差点犯了哮喘。

要不是胡媚再次加他的微信，叶茨可能也不会做出后来的事。胡媚像是很惊讶，或者说她没想到他都三十来岁的人了，居然还跟个孩子似的，动不动就把什么东西扔掉。她问：

"干吗把我删了？"

叶茨发了个尴尬的表情。胡媚却像是完全不介意他删过她，只是说，那回之所以在车上选择亲他，没有别的意思，想着就他还没结婚，要把祝福送给他。叶茨回想起来还不自然，说一切都发生得太快了，他都没反应过来，这些天尽想着莫汉武会不会吃醋了。胡媚发了个咧嘴大笑的表情，一口白牙。叶茨像是心领神会了，回了个憨笑的表情。这种感觉太神奇，像是偷情，却又没有打破平衡。总是感觉有些什么东西不一样了。平日里，他不怎么翻朋友圈，现在呢，他几乎每天都会把她的空间研究一遍，看一看胡媚这些年都做了些什么。

这天，写完单位的年度总结，他听见手机响了一下，拿起来一看，见胡媚发了几张孩子的照片，还拍了《安娜·卡列尼娜》中的几句话。原来是说陶丽得知丈夫引诱了家庭教师，赌气想离开这个家，结果丈夫道了歉又去上班，而她，还得面对家里的一团琐事。胡媚说的是"工作和家务是医治抑郁的良药"。叶茨也没多想，就问："都还好吧？"

能好到哪里去呢？叶茨都能想象到胡媚说话的惨淡。叶茨这才明白，胡媚最终和莫汉武走到一起，纯粹是被他的胡搅蛮缠搞昏了头。或者说，她错把男人的嫉妒心当成了强烈的爱情。她枝枝蔓蔓说起自己的工作，说起平时与人的接触，中心就是一个意思：待在她们那样的工作环境，怎么可能不接触人？而这一切，在莫汉武的眼里，都成了不守妇道的表现。那个时候，她应该是被他精神控制了，要不然怎么能理解他的做法呢？婚后的莫汉武，经常跟狐朋狗友喝烂酒就不说了，还被她逮到在外面找小姐。找个良家妇女，她还能忍，而她的丈夫竟然堕落到去嫖娼。叶茨忙问是怎么回事，原来她看到了莫汉武的体检报告，上面明明白白写着，他感染过梅毒。叶茨本想解释这是大学前的事，可回头一想，他干吗帮着解释。到了后来，还不忘敲边鼓，说做丈夫的也委实太不负责任了，再怎么胡来，也得考虑家人的安全。

这么一通昏天黑地的闲聊下来，叶茨简直有些精疲力竭。倒不是看到她过得不是想象得那么幸福而激动，而是胡媚居然能原谅丈夫和别人私通。他一直在附和着，或者说是诱导着她说更多的话。他总是说：

"这太糟糕了。"

胡媚却好像看透了一切，说："还能怎样呢？"

知道了他一直在筹备电影节，胡媚说他还能坚持自己的梦想真是有定力。这话他虽然爱听，不过听到这样的话从她嘴里说出来，他还是有些难过。他有什么值得她佩服的？那些看起来冠冕堂皇的样子，不过是他刻意营造或者是他们自以为是的想象，这么多年，他孤独地活着，抑郁，沮丧，当然也曾暗暗较劲，只有他自己明白，大多数时候，他是如何窝囊。显然，胡媚并不关心他真实的样子。她只是认定，现在他有可能拽她一把，把她从泥淖中带出来。

叶茨心里乱得很，正好孟小冬打来电话，就对胡媚说了句保重，关了电脑。路上，孟小冬牵他的手，叶茨还不自觉挣了一下。吃了饭，孟小冬又去厨房和面，说是再蒸两锅馒头。叶茨躺在沙发上，没有去玩手机，也没看电视，而是瞪着天花板。认识孟小冬前，房子就买了，前些天说是准备结婚，就又刮了一遍。他看见灯上面沾了些灰白的乳胶漆，别扭得不行，又不知道怎么把它弄下来。孟小冬搓着手上的面泥，好像发现了他的反常，问：

"又想谁呢？"

"能想谁？"

"谁知道呢，你找过那么多女人。"好像谈起这些过去的女人，孟小冬尤其兴奋。"你不知道，我刚到你家的时候，总是在分辨，哪一件东西是谁谁谁留下的，哪一件又是谁谁谁的眼光。"

叶茨白了女人一眼。他翻了个身，屁股朝向她，好像这就表明了他的态度。

只是没有想到胡媚元旦会来神木。她说是来采访一个企业家，开了房，才想起他也在这里。叶茨本答应下午陪孟小冬去看电影，又临时撒谎，说省里来了领导，中午得陪喝酒。孟小冬说，少喝点酒，多喝些牛奶。叶茨表现得有些不耐烦，说，知道啦。他又着急安排吃饭的地方，谁知胡媚说，干吗搞得那么隆重呢？酒店旁边有家小饭店，看上去还不错。

吃完饭，出得门来，原来阴灰的天色散了。叶茨说，去黄河边转一圈吧。路过白孟庄，叶茨讲了些当年和朋友拍电影的旧事。本是没话找话，胡媚却走了心，说，还是年轻时候好，做什么都清清爽爽的，有它该有的样子。叶茨没接话。到了河边，两个人走了半天。曾经浑浊的黄河，此刻被冰层困住。太阳打在冰面上，时不时能听到一声闷响，也不知道是不是冰层在坍塌，胡媚却时不时地往冰上走，还让叶茨帮着拍照片。叶茨又带她去悬崖边的古堡。说是古堡，不过是残砖乱石垒了两堵墙。胡媚爬上墙，让他从下面拍照。胡媚说：

"最好看的时候应该是夏天吧，下回邀请我来可别选择冬天。"

风刮得脸生疼。胡媚的话，叶茨没怎么听清，担心她动作幅度太大，跌下去，叫她先下来。

八

临近中秋那天，叶茨去外面洗澡，走到楼下，才发现没拿手机，也懒得再上楼取。

不曾想这个间隙，胡媚打来电话，孟小冬还顺手给接了。胡媚喂了两声，孟小冬听见是女人，就没说话。过了半个小时，胡媚又打过来，孟小冬接通了，还是没说话。胡媚就发过来一条短信，问，老叶，怎么回事啊，有件事想求你，挺急的。这下孟小冬起了疑心。这称呼，应该是很熟的一个人了。

等叶茨进门，孟小冬还是气鼓鼓的。审问了半天，叶茨能说什么好呢？就说是大学同学。孟小冬说，就这么简单？叶茨到底心虚，只好在孟小冬的监督下给胡媚拨了过去。胡媚在电话里问刚刚是谁接的，叶茨就哈哈笑，说，能是谁啊，我媳妇儿啊。胡媚就说，这么快就结婚了？也不告我，我还准备给你上一份大礼呢。又说，你媳妇儿也太吓人了吧，接通电话也不说话，我还以为见鬼了。叶茨还是打着哈哈笑，问什么事。胡媚说没什么事，就是有份稿子台里要得急，请他帮忙看看。还说不是无偿的，会给他丰厚的回报。叶茨说好，你发过来吧。

挂了电话，见孟小冬脸都气青了。孟小冬说，看你们聊的那热乎劲儿。这下好了，你帮她改下东西，过两天，人家又给你打钱，这一来二往，指不定什么时候才能断呢？孟小冬得出的结论就是"这女人的心机太深了"。叶茨本没想到这么多，经孟小冬一分析，感觉事情还真是严重。能怎么办呢？他只好答应孟小冬，坚决不帮这个忙。只要他假装忘了这一茬，胡媚应该识趣，明白他的意思。哪里知道胡媚不依不饶，第二天晚上又打过来电话，质问他，不帮忙就算了，干吗答应得好好的，又不做到，误了她的事。

"老叶，你也太不厚道了。"

叶茨只好低三下四地说，这事老婆都知道了，闹翻天了，弄得他没法儿招架。不解释还好，一解释，把胡媚的闷火给点着了：你他妈真不是个东西，你要不说，谁能知道？你真是恶心。叶茨一声不吭，想着她发泄完了，兴许就会放他一马。

孟小冬应该看出了苗头。这才结婚几天，狗日的男人就玩开这一出。她有事没事儿就给叶茨上紧箍咒。她说，是大学前女友吧？想不到你挺专一的啊，这么多年了，还不死心。叶茨不吭声。孟小冬又说，能耐啊你，这把年纪了，又和初恋纠缠在一起，是不是终于圆了梦了？叶茨不吭声。到了后来，孟小冬说，你不要给我装死。我跟你说了，你跟我装死没用，我学的就是刑侦，要是我发现你背着老娘再和别的女人不三不四，看我不把你阉了。叶茨哭丧着个脸，终是回了句：

"事情没你想象得那样龌龊。"

他想起就是去年，他给了自己一个期限，三十岁前一定要把婚事解决了。他甚至都想不起来为什么要和孟小冬结婚。可能是两个人年龄都不小，到了该组合一个家庭的时候了，就像他妈说的："人一辈子总得有个自己的香火对不对？"他不能太自私了。再说了，玩了这么多年，也早就玩够了。没有什么可遮遮掩掩的，他和她的婚姻是最普通不过的了，但他还是不能肯定，孟小冬就是他一直想要的那个女人。准备结婚那段时间，照婚纱照，她也没嫌他个子低，而他呢，起初踩在垫脚箱上还别扭，后来去公园里照外景，他自己倒主动拿起那块木板。两个人也有说有笑的，好像真的无所谓了。这不是因为她真的想要和他在一起，又能证明什么？孟小冬见叶茨真生了气，也就没有再刨问下去。

转眼又耗过去半年。

叶茨也不怎么四处和人说电影节的事了。倒是时刻拿着摄像机的习惯一直也没改。单位领导见叶茨有这方面的才能，就把新传媒这一块交给他打理。所谓新传媒，也无非是在微信公众号上贴点工作简报，有时心血来潮了，会拍点视频放上去。

系统内部搞新传媒培训班，单位推荐叶茨到北京学习三月。这头他还没适应，孟小冬又每个周末都坐高铁来，劲头大得很，说是要趁这个机会，好好逛逛北京。来了也不再问有没有人和他联系，一见面就说她又想好什么计划了。只是有一回在奥林匹克中心，差点露出马脚，叶茨说他还在这跑过步。孟小冬问，都有谁啊？叶茨说，能有谁，一起培训的同学啊。孟小冬又问，男同学女同学？叶茨说，男女都有。孟小冬又问名字，叶茨就急了，说，说了你能认识？孟小冬说，你急什么急？你没做亏心事，急什么急？叶茨这才闭了嘴。

一起跑步的，就有唐嫣。跑步也算是一时兴起，唐嫣提议，又有几个人附和，每天早上就跑了起来。有一天，唐嫣看见他气色不好，突然问了一句。叶茨就像是找到了救命稻草，把自己的情感困惑说了出来。唐嫣说，这些都是执念，你应该到我们学习班上体验一下。

这个时候，叶茨才知道唐嫣信佛。她也不是像平常人那样念句阿弥陀佛，烧个香，祈求人生平安，长命百岁。照她的话说是，一起来学习的人都是北京搞传媒的一帮年轻人，学了能得到智慧。学什么经呢？《菩提道次第广论》。叶茨头一回参加，紧张得很，话也不会说。他说他对佛的理解，完全是因为丈母娘信佛。他还谈到了他的激动，没想到他们读经读得这么高级。出了门，唐嫣说，信佛没什么高级低级。重要的是心中有信念，有了信念，你就不会害怕，就不会长出各种各样的念头。叶茨想起平日里和孟小冬的抵牾，好像又顿悟了一层。也可能是没话找话，叶茨就说他有个好哥们儿也是搞传媒的，就在中央电视台上班。唐嫣说，是吗，那你引荐一下呗。

　　唐嫣可能是顺口一说，叶茨却上了心。约了两回，周游不是在上海，就是去了贵州。期间，叶茨跟着唐嫣，又参加了回读经研讨会。下回孟小冬来，问起他平日里都干些什么。他说，跟朋友读经啊。孟小冬像是放了心，说这个好，以后就跟着这个姐姐好好念经。叶茨的心思也不在什么念经上，他就是感觉和唐嫣一说什么，对方马上就能理解，和她在一起挺舒服的。快结业时，周游终于得空，说是一起坐一坐。见了面，叶茨还开玩笑，拍着周游的肚子说，才多久啊，皮带都看不见了。唐嫣说，原来你就是那个著名的导演啊。周游嗯嗯啊啊啊地，不知道在想些什么。叶茨问他，是不是在操心孩子。周游说是啊是啊。硬聊不下去了。叶茨主动要了两瓶啤酒。喝了瓶啤酒，他憋住快要打出来的嗝，问：

　　"说说你这些年都拍了些什么正经东西？"

　　周游好像不习惯叶茨和他这么说话了。他翻手机，装作没听清。叶茨又对着唐嫣说了句当年他和周游策划电影节的事。周游早忘了当年提议搞什么神木电影节。叶茨一直以为他和周游很熟悉，现在才明白，他和他没什么共同话题。他们的话题还是围绕着当年的大学同学现在都在干什么，他明明知道这些同学也无非是和他一样结了婚，生了孩子，想着一些赚钱的门路，可他装作什么都不知道。偶尔说两句年轻时干过的荒唐事，周游都会打一个哈哈，好像叶茨说的声音太大，暴露了他的底细。只有谈到北京的房价，买基金之类话题，周游才往前凑了凑身子，和他碰了一杯。他甚至给叶茨的人生提了许多建设性的意见。很明显，他认为叶茨还在企图搞什么电影节的事，实在不靠谱得很。

"我当年就那么一说，我以为你也就那么一听，哪知道你竟然会当真。"

叶茨没想到周游会这么评价当年聊得那么热火朝天的梦想。他坐不住了，就叫服务员，说结账。周游好像生气得很，一把推开叶茨：

"你这是干什么？成心恶心人是不是？"

唐嫣还在旁边笑，说，你们同学真是亲热。

送走周游，叶茨还和唐嫣走了一截路。又不知道说什么好，便讲这些年的窝心事，因为喝了点酒，说的话都像是在掏心掏肺。

这些年来，他一点点和别人比较，但凡看到周围的人比他有出息，他都不无带着恶意去嫉妒，去猜疑，直到确证他们的父母都有背景，他才长吁一口气，好像这样就可以原谅自己的平庸。他羡慕的人实在太多，甚至也曾想过像美国电影《天才雷普利》那般，靠着阴谋诡计，改头换面开始新生活。但要真那样交换，他也很犹豫。他没有他们掌握的那些本事，怎么面对那样的人生呢？问题是，那只是一个美国梦，对不对？

唐嫣说："你真的有慧根。一个人能反省，说明你还是个明白人。"

他知道她又要说佛了。他本来想说，人总得信点什么。一度时期，也曾抄过一段时间经，他还想着信佛，可一想，信了，又得投胎转世，转来转去，累不累啊，万一再变成人，就太恐怖了。话都到了嘴边，他又忍住了。看她兴冲冲的样子，说这些又有什么意思呢？

有一阵儿，两个人都没说话。天气热得要命。进了电梯，空间陡然逼窄，唐嫣说，你们多有意思啊，年轻时竟然就有那么多想法。叶茨嘿嘿笑了一下。他不知道该怎么把话接下去。大概有那么几十秒没人说话，他到底没沉住气，说，都是表演，背后的困境谁知道呢，有一段时间，我看什么都是漆黑一团。唐嫣忙着看手机，没听清他的话，只是含混接了句，是吗？幸好这个时候，电梯到了她的楼层，他什么都不用说了。回到房间，他冲了个凉，光光地躺在床上。

半夜没有睡着。许久没犯的哮喘又犯了。浑身难受，就好像漂在黑夜里蓝得发黑发紫的海面上，手脚被捆住，肺里没有空气进出。只求一死。没法儿躺了，他一整夜都站在窗前，大口大口地喘气，意识还在，能感受到无休无止的痛苦和无奈。他看着外面楼房里的灯一点一点暗下去，又看着天色一点一点亮起来，脑子里像杵进了根木头。

九

两口子又四处借钱，买了个学区房。

为叶牡舟将来报什么兴趣班，他和孟小冬还有过不少争吵。按孟小冬的意思，男孩子嘛，就应该多才多艺，不说学钢琴，至少也要去拿个大提琴。叶茨却说：

"钢琴都烂大街了。学个钢琴肯定出不来。"

他担心的是光买一架钢琴就得几万块。

有一天，两口子抱着叶牡舟去广场玩，看见几个十二三岁的小男孩在那儿跳街舞，周围围了一圈小姑娘，叽叽喳喳地，好像麻雀看到了粮食一般，不停地以他们为背景自拍。叶茨对孟小冬说：

"我想好了，我们得给孩子报一个兴趣班，就让他去学街舞。"

"为什么啊？男孩子就穿那吊裆裤，匪来匪去，也太没样子了吧？"

"你懂个屁，这样才衬他们的自由个性。"

其实有些话他没和妻子说，他认为街舞很新潮，说不定将来靠这个还能吸引到女孩子。他想着现在得为儿子的命运从长计议一番，也不是他有什么远见。当年在白孟庄，村里的人一个个搬走，有的是为了孩子上学，有的没有孩子，也一个个去了城里，他问起来，村里人还瞪着眼睛，说，娃娃都十来岁了，待在狗日的这地方能娶下媳妇儿？好像明眼人都能看清楚的事实，他叶茨竟然想不明白。妻子喜欢他谈论孩子的教育，两个人设想了半天孩子的未来，一想到这个小小的生命还有那么多的可能性，叶茨就不由得干劲十足，搂孟小冬腰的力道都大了几分。叶牡舟也不管父母两个，拼命往中间挤。

这天上班路上，叶茨迎风暴走，看见人来车往，还满脑子狂想。到了单位，同事王二还问他今天怎么没送孩子。叶茨就说孩子病了。因为说到孩子，叶茨兴致很高。他说他家叶牡舟不知道从哪听来的，动不动就说，我们家可穷啦。孩子的话本是无心，叶茨听了，却分外难过。王二就说，是啊，是啊，待在这样的单位能干什么？钱钱挣不上，麻烦事还不比别人少，要是孩子知道咱成天就是这么尿糊抹擦活着，会不会很失望？王二嘴角的肌肉跳了一下，说，我们是没有办法了，总不能让孩子再受这一茬罪。最近的"基因编辑"你听说过吧？要是咱能挣上钱，把咱孩子的基因都编得好好的，什么都无敌，咱们又何苦担心他们的未来？叶茨就说，到时候人人都这么厉害，没有缺陷，没有情感的痛苦，没有失败的锤炼，那人活着岂不是也成了行尸走肉？王二说，这越来越像美剧《西部世界》里的桥段了。你说说，我们在这里好像明白了点什么，会不会有一个上帝看见我们的异常，突然又把我们的程序重新升级调整？一想到人世的所有一切不过是没完没了的重复，不过是早已设计好的程序，叶茨就更加沮丧。王二见叶茨突然不说话，又说，这些都是妄想。老哥你平日里又写材料，和领导也有接触，走仕途应该没问题。叶茨平素以为和他也算聊得来的，不曾想自己在他眼里却是这般形象，不免扫兴。他说他对混仕途没兴趣，见同龄人溜须拍马，自己先浑身别扭。

说到后来，叶茨又讲了些两人都熟悉的一个人干过的败兴事情。看上去叶茨讲的细节无比真实，只有他自己明白，那些句子经过了怎样的字斟句酌，经过了怎样的嫁接。说完了，他还不无得意地大笑，好像为自己勇敢捅破了真相而兴奋不已。尽管同事也跟着附和，说他讲得在理，只是等到闭了嘴，叶茨才后悔不已。到底是为自己的恶毒感到不好意思，过了半天，他又担心说的话漏出去，不停解释，说主要是他认为钻营这一切，没什么意思，他这样的背景，升到副处，到头了。捞不到外快不提，可能还得成天做些无用之事，敷衍上下。有这工夫，还不如另谋生路。两人发了番牢骚，又各自坐在桌前喝茶。

待单位同事陆续到齐，才知道上午要搞打靶比武训练，一车子人被拖到郊区。叶茨也算是单位有经验的老人了，他站在新来的姑娘背后，托着她的手，告她怎么瞄准。有人还拍了他们的合影，专门给他看。叶茨还笑，说，这么好的照片快微信给我。后来，他又顺手传到大学微信群里面。果然有人起哄，问他是不是每天都这么摸姑娘的手。

"拜托，我们这是指导年轻人，能不能不要想得那么邪恶？"

叶茨假装严肃得很，内心里却有那么一些得意。只是没得意多久，他看到莫汉武紧跟了句评论，说，真没想到大家这么快就到了油腻中年。倘是别人调侃，叶茨也不会这么在意，莫汉武凭什么这么定性他呢？他无名火起，却又不知道找谁撒。

胡乱翻了一阵子手机，熬到下班，正准备回家，王二打来电话，说是来了个客人，你来陪一下。说是借他的面子，不过是找这么个机会大家喝一通酒。从前，叶茨喝了酒，也节制得很，坐在那里，安安静静的，不说话。今天，他不一样了，饭桌上，不该接的话，他也要抢一两句。有时候听到别人聊官场传闻，听到别人讲黄色笑话，也会哈哈狂笑。甚至无话可说的间隙，他也会冷不丁地纵声大笑，别人还以为刚刚发生的一切实在有意思得不行。别人提酒，他举杯就喝，到后来，都快散了，他还敲着桌子问："今天谁请客？"这是暗示酒不够了。王二面子上挂不住，不听劝，又叫了一瓶。气氛像是更热烈了些，桌子上不再有什么中心，都是揪住身边的人说个不停。独把叶茨剩了下来，左右都找不到人说话。他突然起了高声，把王二叫过来，锁着眉头，大骂一气：

"我平时对你不错吧，有什么好事都招呼你，叫你去帮我弄个市委的通行证都不帮，你他娘的还是不是兄弟？你他妈的不帮我当兄弟，老子干死你。老子干死你，信不信？"

这话难听了。谁也没想到平时看上去文文弱弱的一个人，突然发这么大火。何况他和王二也算能聊得一起的，竟然这么不给面子。好在大家都喝得有些多，拉拉扯扯，把劝王二先走。等叶茨出门上厕所，其他几个人分析叶茨的状态，也没说出个所以然。还有人说，这个老叶，不会是提前更年期了吧？

回到家，叶茨仍是暴躁得很。他抱住孟小冬又是摸，又是啃。孟小冬说，你看看你这个德行，再喝下去你就完了。叶茨枯着眉头，问，我什么德行了？你要看不上我，又何苦和我在一起？孟小冬说，你他娘的说的什么鸡巴混账话？不会是和你的初恋闹别扭了找我出气哇？叶茨没顾上说话，冲进卫生间，抱着马桶就吐。孟小冬倒了杯蜂蜜水。叶茨咕咚喝了。又说，耳鸣得很，老婆帮我掏掏吧。胡乱折腾了一气，仍是耳鸣。他听不太清楚孟小冬在说些什么。看着孟小冬的嘴巴一动一动，他突然笑了起来。也是这个时候，才意识到，他的笑声如何空洞，吓人，好像是在时时提醒，他是一个多么分裂的人。

鬼上身了一样，连续几天，都是半夜这个时间点醒来。醒了，又怕惊醒家人，就在那里硬挺着翻手机。耗得手机没电了，又走到阳台前，看着外面的城市。对面楼上还有个男人在黑暗中斗着地主，电脑屏幕闪着蓝光，映得男人的脸发亮。年轻时候的幻想一个想不起来，倒是酒后的胡闹，与胡媚相处的尴尬，唐嫣对她的劝告，在一件又一件事情上耗费的无妄精力，他记得明明白白。

终是没忍住，又打开了电脑。孟小冬像是被他的举动弄响了，说，神经啦？什么时候了，还上网？叶茨就说他睡不着，想找个老电影看看。孟小冬说，你这不会是神经衰弱了吧？黑暗中两口子一递一句声说了一阵，分析了叶茨这些年的表现。

"搞了半天，原来我就是抑郁啊。"

好像被确诊了，有病，反而轻松原谅了自己。怎么能指望一个病人有出息呢？就是这么乱想的时候，他还和孟小冬说了会儿话，也不是什么要紧事，有一搭没一搭的。他说他总想着当年上大学时的情形，要是再努力一点，生活会不会不一样呢？也不等孟小冬接话，又说，以后叶牡舟的志愿一定要填好。好像别的都不重要，重要的是他这个当父亲的得给儿子把好关。孟小冬哼了一声，扭过头去，给叶牡舟掖了掖被子，没再接话。

叶茨还盘着腿，准备把《公民凯恩》找出来看一看，不料却被跳出来的广告分了神，本是想关掉，却不知道怎么给点开了。看到里面的激情片段，他又用狸窝全能视频转换器一个一个剪辑，他干得那么兴奋，嘴里的舌头都快嚼不动了。他就这么不停编辑着，满脑子狂想，完全忘了当初的想法。

没想到这园子竟有那么大

一

　　有一阵子，魏中正一进办公室，就讲他昨天都干了些什么，不是见了什么大人物，就是跟哪个厅局的哥们儿喝酒，一喝就喝多，连喝酒吐了几次，吐在什么位置，吐完了如何抱着马桶不放，也要形容出来。那时候，薛珊刚上班，还不明白这个同事为什么要对着她说这些，待到次数多了，才意识到，这个男人是在和她分享刚刚过去的激动时光呢。她感觉自己的日常生活好像也变得丰富起来，准确地说，

没想到这园子竟有那么大　**69**

是她对这份工作更多了份期待，也许有一天，她也会见识更多的人，闯进，或者，就像艾丽丝掉进兔子洞里一样，能看到完全不一样的世界。是的，她当时就是这么想的。一个大学都没毕业的人都能混得风生水起，何况她还是山西大学英语系的。到了后来，她除了随声附和，也会试着说点自己的情况。她说她父母都是从新疆搬过来的，虽然母亲是八十年代的大学生，也只是在郊区给小孩子教教语文数学。她这么说的潜台词是，生活中事事都只能靠她自己。偶尔，她还会说起她母亲失败的婚姻，说起她两个调皮的弟弟妹妹。她说她一点也不喜欢小孩子，顺便表露了她对婚姻的恐惧。那时，她和李强的恋爱到了胶着期，动不动就闹别扭，生闷气。唯独说到婚姻，魏中正的话少了。薛珊只知道，他和妻子两地分居多年。他总是承诺，给他一点时间，他迟早会在太原买下车和房，可这都过去多少年了，他还是租住在后北屯。不到二十平方米的房间里，除了破破烂烂的书越堆越多，工资卡上的数字却没有增加多少。时不时地，她还要面红脖子粗地质问。过去那个写诗，和他有共同爱好的女人，怎么一下子变得这么现实？怎么可以？

　　薛珊本是来看他的藏书，哪里知道他还沤着一肚子牢骚呢？原来，他并不像他声称的那般洒脱。好在还有一个同事会插科打诨，几句话，就把魏中正的抱怨消解了。可魏中正呢，显然是真受了刺激，好几回，下午上班，一进门就要和薛珊说起跟女人的龃龉。薛珊能闻到他满口乱牙中，腐烂的白菜叶子味道。她起身打开窗户，回过身来，也没坐下去，就靠在橡木桌子上，双手抱着胸，又谈了些母亲的事。

她现在和母亲完全无法沟通了。"我娘倒是什么都看开了。千里迢迢跑到山西，就为了找个能说得到一起的人。结果呢，来了，就生了俩孩子。跟你说说我娘的日常生活吧，早上起来做饭，等我弟弟妹妹上学，她洗了锅去买菜，做中午饭，睡到下午三四点，又开始做饭，然后散会儿步，睡觉，一觉醒来，又是从头开始。"她神经质地笑了起来。"她完全忘了最初的想法。稍微闲下来，还要拿管教小孩子的那一套教育我，说我不管做什么都得上点心。她那样一副口气，好像早就知道我做什么都不用心似的。我是真不明白女人都在想些什么。"

她这么说话的时候，显然没有把自己包括在女人之内。她总是想着，自己才二十五岁呢，有的是工夫折腾，有的是时间做自己想做的事。她有什么可焦虑的？她和这些饱受日常生活折磨的女人大不一样。她可不想知道那么多大道理。她就是想活自己。她在太原，远离了母亲的唠叨，最主要的是，她终于有了一份工作，一份堪称体面的工作。她以为自己摆脱了过去的生活。看起来确实不错，天天和新闻打交道，满城市跑来跑去，成天都像是有大事在她身边发生。她以为这就是她想要的生活。她应该保持这样的精神头，积极地活下去才对。可谁能想到，才过了半年，她就受不了了。和魏中正说起这些职场的困惑，本是期待男人附和两句，谁知道他却开始了旁敲侧击。

"卡夫卡的《变形记》，你不会没看过吧？"

她当然看过。问题是，这个时候，她可不需要他给她上一堂文学的象征隐喻课。甚至，她有些烦他这么说话的方式。他为什么喜欢用反问句呢？她看了他一眼，想说什么，又忍住了。她到底是怕自己的沉默有失礼貌，像是自言自语的，又来了一句：

"真想不通大家都在敷衍谁。"

"契诃夫《带叭儿狗的女人》你总该有印象吧？"

什么人啊？难道他看不出来她都快疯了吗？她总以为自己的痛苦是独一无二的，哪里想到不过是在重复别人？她怎么可能会和那个因为男人一副奴才相就想出轨的女人一样？她难过的可不是什么困境中的婚姻生活。难道他以为多看了几本书，就能用小说中的人物处境来安慰她，说她并不是独自一人在痛苦中挣扎？她还看过克莱尔·吉根的《南极》呢，一个富裕的女人渴望冒险，结果被一个陌生男人绑在了床上。都是些什么乱七八糟啊。她对魏中正动不动就拿小说来对比人生，非常恼火。做人怎么能这样？

她以为凭着一腔热血，还有理想，即便改变不了大的环境，至少也可以让自己活得舒坦些。她一直以为在这样一个单位待着，再不起眼，总能混出头。可是现在，她心乱如麻。她想不明白，魏中正怎么能在这样一个地方待上十几年甘受蹂躏。

这个时候，魏中正才开始说起他的经历。他确实坎坷。出生在偏远的武陵山里倒也没什么可煽情的，那个年代谁不穷？周围都是差不多的人。他也从来没觉得自己比别人更可怜。大学期间，别人去网吧，只有他，没钱，老老实实待在图书馆。也没别的爱好，就喜欢背古诗词。毕业了，别人要么去北京，要么去广州，他没勇气离开，害怕好不容易得到的农转非户口，又被打回原籍。听说这单位能落户，毫不犹豫就来了。就连父亲也支持他，说能吃财政饭不错。只是到了现在，他偶尔也困惑，说起来他也是个念了十几年书的人，最后怎么相信一个中学生，一个老农民的判断。

七月的雨下个没完，魏中正挑挑拣拣说了半天，薛珊一边点着鼠标在网上闲逛，一边配合着说两句话。等到从电脑跟前抬头，才发现院子里空无人声，只有空调单调的声响。满墙爬山虎在微光里摇曳，天色暗了。

之后发生的事，就好像有人拿着涂满颜料的铁丝，刺刺拉拉地，在她的脑子里写字。铁丝能写成什么字呢？最终，她脑仁生疼，好像整个脑浆都被搅烂了，留在她印象里的，也只有那些暧昧不清，又无法启齿的斑痕。空气燠热，她本来只是盼着雨早点停下来，谁知道灯却突然灭了。她还没反应过来，一张濡湿的嘴就堵到了她的眼前。她对这个比她大十来岁的男人从来没有防备之心，根本没有想到他会如此野蛮地对待她。她瞪大眼睛看着他，都忘了反抗。事情怎么会发展成这样呢？这个都过了专业八级的女大学生，满脸通红，呼哧呼哧地喘着粗气。看上去，魏中正也被自己的举动吓坏了。他只是死命地抱着她，一看见她准备说话，就一遍又一遍地凑到她跟前，好像这样就能把她的话堵回去。

手机的响动救了她。他松开了手，却也没有打开灯。

薛珊拢了拢散乱的头发，才接通手机。是李强。他问她在哪里。她说在单位加班。他说来接她。她说不用。他问她几点回去。她说还得过一会儿。挂了电话，薛珊才想起来要生气。

"魏老师，你怎么可以这样？"

魏中正呢，像个溺水者，又伸过手来准备搂她。薛珊躲开了。她拉开门匆匆就往外跑。她跑了一阵，以为魏中正会追上来。连个鬼影都没有。冷风吹来，激起她一身鸡皮疙瘩。土腥味不依不饶地钻进她的鼻孔。卧在墙根下的狗好像被这个惊慌失措的女人吓着了，跳起来，夹着尾巴，一个倒退，还扭过头来琢磨了她一眼。街上的人走来走去，根本意识不到她刚刚遭遇了什么。她的手汗津津的。手机又响了起来。是魏中正。她直接摁掉了。魏中正不知道是慌了，还是不死心，一直不停地打。她只好回过去一条信息：

"求你了，别打了。"

后来，薛珊一直无法原谅自己，明明是这个老男人错了，为什么她表现得如此懦弱，感觉倒像是她做了什么见不得人的事。

那段时间，她过得很恍惚。倒不全是魏中正影响她了什么，而是她对自己目前的状态不满，又苦于找不到应对的办法。每天去了单位，也不再和人闲聊，进门出门都低着头，锁着眉头，好像在思考什么重大的事情。丈夫李强应该觉察到了她的变化。有一天，他从宣纸上抬起头，扶了扶眼镜，若有所思地来了一句："魏中正最近在忙什么呢？"

"什么？"

"感觉你有一阵儿没提起他了。"

"别和我提他。"许是意识到自己反应太过激烈了些，她又低下声来，像是这才发现他为人的拙劣，来了一番提纲挈领的评价，"他就是一个牛皮客。天天翻来覆去就那么些事儿，说得我头都大了。"

李强感慨了几句，又低下头，接着画他的鸟。

薛珊更窝火的是，到了后来，连魏中正都辞职去了一个待遇更好的单位，而她竟然还在这个地方窝着。她甚至还学会了自嘲。待到新来的孩子实习，她会举自己的遭遇做例子。

"你们千万别以为从此就有了铁饭碗。你们以为我就想在这里待着？起初，我可能和你们抱有一样的想法，有份稳定工作，嫁个好男人。等到工作了几年，发现这样的地方真不是人待的。我考过研，考上了，可也只有这么一个文凭。一个文科生，想离开这个地方，恐怕也只有考博。问题是，年纪都这么大了，我根本没有心思再从头开始。但你们不一样，还年轻，有的是机会，能走就走，别在这里浪费大好年华。"

她不知不觉就变成了她曾经讨厌的那一类人，自以为是，爱给人说教，显摆似是而非的人生看法，好像如此一来，就能证明她的人生不是那么苍白。有时候站在办公室，对着一帮年轻孩子口吐白沫，而他们还抱着双手，唯唯诺诺地站在那里，心不在焉地敷衍她，她就更加生气。没有人听她说话，她好像是对着空气练习抱怨。大家都已经习惯了她的歇斯底里。她接受不了自己的生活变得如此混乱，却又无能为力。按照正常的逻辑，事情不应该变成这个样子，怎么就偏偏成了个这呢？她想不明白。

周围的朋友能说些什么呢？她的闺蜜，孟惠说是去了北京，其实呢，住在中关村附近的地下室，杨芹倒是出了国，还是以严谨著称的德国，但好几回打起电话来，话里话外的那份辛苦，还有寂寞，也只有她们自己明白。偶尔，她想到自己只能拿这些虚妄的对比安慰自己，更是彻夜难眠。

她和李强结婚七年了，还没要上孩子。过去她嫌孩子麻烦，现在她想要，却偏偏不遂人愿。偶尔有同事开玩笑，说三十好几的人了，怎么还不知道着急，不怕到时候成了高龄产妇？她也只能旁顾左右，底气不足地解释：

　　"我老公不想要，我们就想做个丁克。"

　　她一副没有玩够的样子。好像为了自由，完全可以不用顾忌家人的感受。说完了，她就后悔得要死。她怎么从来就不知道面对真相呢？连这样的事情都要把责任推在丈夫身上。她现在仍像从前那样，上班下班都会给李强打个电话，可是见了面，又毫不掩饰对他的不耐烦。过去她喜欢他的安静，有自己的小天地，现在呢，她看不惯他的做派。他的热爱，他的精神世界，什么书籍、唱片、玩偶、雕塑，对她来说，都太过抽象。她更喜欢脚踏实地的生活，比如衣物品牌、家具选择、汽车更换，她想着也许占有越来越多的东西，就能将李强的精神挤出家门。她这么做的目的倒不是出于坏心。她就是想活得更接地气点。人人都在努力扩展自己的世界，她一个外地人都还有上进心，为什么他李强一个老太原，竟然这么沉得住气？她说，你就不能过点更朝气的生活吗？她一直以为自己的想法是为他好。就像李强偶尔埋怨的那样，你总是对的，和你生活了这么多年，你从来就没有给我说过一回对不起。一想到自己在男人的心目中是如此蛮横的模样，她就更加生自己的气。她不明白自己为什么对外人那么懦弱，对家人却如此冷漠。

二

单位搞了个活动，组织人去高平闲转，薛珊也跟着去了。住的地方在荒郊野岭，连个小超市都没有，每天就是坐着大车，在山里一些断墙残垣边吊古抒怀。景点虽没什么名气，几天下来，倒也给她一些强烈的冲击，好像那么长的时间都摆在了跟前，她的那一点小纠结，在时间的长河里又算些什么呢？太不足挂齿了。在一些快要倒塌的老宅子跟前，她看别人站在废墟边跟满脸皱纹的老头老太太合影，也凑过去站在旁边。偶尔听同行的人说些赤裸裸的段子，她也跟着哈哈大笑。只是笑完了，她的脸就有些僵。简直是匪夷所思，萍水相逢的人，靠了这么一些虚头巴脑的话，竟然能很快熟悉起来。直到去了一个养兔场，她的兴致才高了些。看着那些毛茸茸的兔子，她心里软和得快要化了。她向兔厂的工作人员打听了半天喂兔的经验，最后忍不住，提了个冒昧的要求：

"能不能送我一只兔子？"

家里养了只兔子，终于有了点声色。她上网，查资料，看别人如何与兔子相处。原先她半夜睡，十点才磨磨蹭蹭地起，现在呢，不管睡得多晚，到了凌晨五点半，准时出门，去菜市场买最新鲜的胡萝卜和青菜。那段时间，李强的笔下，不再是模棱两可的山水，出现了兔子，还有喂兔子的女人。变化最大的是，两个人好像又都找到了共同爱好。下班了，回到家里，不再是拿起手机各玩各的，喂兔子成了饭后最有意思的消遣。她和他都没想到，当他们试着从兔子的眼里回望自己，竟然可以找到那么多有趣的话题。她和他都感到惊讶，自从家里有了这么一个小东西，他们好久都没有扔过手机摔过碗了。

就像商量好了似的，先是李强给兔子喂开了肉。看见兔子居然吃肉，两个人又惊叹了一番，好像这样的情形又把他们之前的生物常识全推翻了。到了后来，他们吃什么，就给兔子喂什么。兔子的口味也重，居然爱吃榴梿酥。直到有一天，薛珊发现，当初那个宽敞的笼子已经放不下它了。它得弓着腰，趴在那里。

能怎么办呢？只好把它放了出来。放了出来，它倒也挺乖，从不乱跑，吃喝拉撒都知道去该去的地方。有一天，李强突然和她说：

"天天把它一个人扔在家里，是不是太不人道了些？"

"什么意思？"

"我们是不是得给它找个媳妇儿？"

"你不知道兔子的繁殖能力太强？你不怕你家成了个养兔场？"好像这个想法实在有意思得不行。她不由地大笑起来。

"那咱们可以给它买个布娃娃，就像有的男人靠充气娃娃也能满足。"

薛珊当时的头一个反应是骂男人太邪恶。她嫌他操心太多。可过了两天，她又想，男人的话是对的。不知道是营养太好，还是生活在城里不习惯，兔子的眼神越来越抑郁了。那个开始和她玩得不亦乐乎、活蹦乱跳的兔子，现在像是得了神经官能症，常常双眼通红地蹲在角落里。不知为什么，看见兔子的样子，她一下子就想起了曾经的自己：一个人独处会不停地叹气，和李强在一起时又变着法子找他的麻烦，在他跟前流泪。她都崩溃成这样了，而男人还是一副纳闷的模样，好像她真是不知足。房子也有，车子也有，甚至她渴望的精神生活，他不也在给她提供吗？去北美新天地看电影，去星巴克闲坐，她到底还想要什么呢？到了最后，他把她的痛苦当成无理取闹。而她，想不明白，这个声称爱她的男人，怎么总能找到忽视她感受的理由。他有那么忙吗？他为什么要对她想要的生活那么不友好？她真的像他认为的那样，不过是在伪装，是在逃避？她想起那段时间，一个人窝在家里翻来覆去地掂量这辈子的积怨，到最后，也没琢磨出个所以然，还是这只兔子把她带出了深渊。而现在，兔子又活成了这副模样，她怎么能对它不管不顾？

她和他都没想到，兔子会如此疯狂。一个毛绒玩具兔，它竟然一天能玩上百次。而且，只要看见她和李强的目光，小东西更加兴奋。每一天，吃东西，玩毛绒兔，睡，吃东西，玩毛绒兔……没完没了。

那段时间连李强也像是受了刺激，看她的眼神也不对了。碰到这样的时候，她更喜欢一个人开车遛遛。有一天，出去买菜，路过一个小区，看见一群人在那里拉着横幅，她站在那里看了半天。原来又是维权的。这些人不知道跟谁学成了这习惯，一不高兴就把路拦住，好像这样就能解决问题。她堵在车流里，想掉头却又没有空间。先还想着戴上耳机听听音乐，到后来，索性熄了火，上前打问真相。这才知道是他们的房子因为尾款拖欠了一段时间，就被无良开发商转卖给了他人。她听得心慌意乱，后来又有些庆幸，她住的房子虽然旧了些，好赖是李强父母的，不用受这样的窝囊气。进门时，她本想说说这些不平事，结果李强赤裸着从屋里跑出来，嘴里还像芝麻开门那样配着背景音。他双手叉腰倚在门口。任是怎么吸气，那个肥大的肚子还是往外鼓着。

薛珊一时没反应过来，手里的半斤韭菜差点掉在地上。她看了他一眼，继续往厨房走。李强跑过来，仍然一只脚斜搭在另一只上，倚墙而立，昂首挺胸地来了一句："你真的什么都没发现吗？"

"发现了，你有病，一个人自导自演开门大吉。"

"什么呀？你不觉得把毛都剃了，整个人都像个婴儿了？"

"李强。"

薛珊眉毛一竖，好像被李强折磨得够呛。好几回，见李强不停地抠着裆部，都会不怀好意地看她两眼。李强不停地挠头，说，正长毛呢。薛珊又瞪了他一眼，说，用你解释了？吃饭前，看着昏昏欲睡的兔子，薛珊拿筷子敲了下碗沿，说：

"你说动物不懂得节制，为什么你作为人，也要表现得这么低级？"

李强没有接话。他好像早就习惯了女人的指责和抱怨。他讪讪地笑着，说，还以为这样能让你高兴一下。这样就能让我高兴了？你把我当什么了？她说现在能让她感觉得快乐的东西不多了，倒是听到别人的郁闷能让她振奋一下。等话一出口，她才像是惊醒过来。多少时候，听到别人的挫败，她才暂时忘了先前的焦虑。问题是，幸灾乐祸能解决什么问题呢？

尽管这些事情无法启齿，到了单位，她还是像打了鸡血般，直接讲开了兔子的疯狂。她本来不是要讲一个色情故事，但听的人哈哈狂笑，似乎都明白了她想要表达的深长意味。等到一个人坐在桌前，她就开始抓狂。她曾经以为她想要的生活大不一样，甚至当朋友们知道她和一个画画的男人走到一起时，还表达过类似的祝福。是啊，她一心想过她艳羡的精神生活。精神生活，她苦心经营，甚至和李强百般折腾的就是为了个这？她活生生把自己搞得和之前讨厌的那些人一样了。她就像李强手中的笔，本以为能画出一副简约别致的古典山水，结果硬生生地涂成了现代泼墨意象画。有时候她想，或许真是命中注定，要不然她怎么活在这灰蒙蒙的城市里还能自得其乐呢？她一直认为自己还年轻，比新来的孩子们也大不了几岁，平时穿衣打扮也还是像个小姑娘，但和办公室里的人聊起天来，她才惊恐地意识到，她真是老大不小了。包括她无意中说出的话，抱怨、唠叨、闲言，无论出于什么样的名义，暴露的都是她的贫瘠，兴许，还有那么几丝变态。她感觉自己还没反应过来，就一跟斗栽进了中年。

三

去郊区找房子时，薛珊还有过担心。两个年轻人，好端端的，不在城里打拼，怎么跑到乡下来了？说她和爱人都有一份养老般的工作，恐怕也没多少人理解。既然都养老了，在城里生活岂不更好？好在也没有谁无聊到非要她说出个一二三四。大包小包堆在角落里，她也没有想着倒腾出来。打包的东西散乱地堆着，完全看不出是刚搬来，还是准备马上走人。或许，她对要在这样一个地方待下去，待多久，还没有完全考虑好。

得闲了，李强不再像从前吃完饭就窝在沙发上不动，他会陪着她出去遛兔子，甚至，也不全是遛兔子，他说他也要减肥了。他声称他要跑步，干的头一件事就是网购了一双耐克跑步鞋。还让厂家把自己的名字绣在了鞋子上。他买了一堆关于户外的装备,就是没有想着早点起床出门。只是和他们做过的所有事情一样,开头热情满满,到了后来,又被新的事情中断。偶尔,看到蒙尘的耐克跑鞋,她想说男人几句,转念一想,又把话头咽了回去。不靠谱的事,她和他一起干得还少吗?再说了,要坚持十点上床五点起来跑步,太难了。还能怎样呢?她以为这辈子也就这样了。

邀了几个同事来家里吃饭,晚饭是麻辣香锅。大家说,吃了那么多香锅,数这回特别。话题的中心免不了要再夸夸李强。李强站在不远处烧烤,时不时地过来招呼大家喝酒。不知谁来了一句,说什么好事儿都让薛珊摊上了,她还能有什么不满意的呢?薛珊听得一愣,是啊,按大家的分析,这个家里钱是李强挣得多,母亲生病住院,也是李强前前后后地跑,找各种关系。都没让她做过一回饭。甚至是看到她洗碗,男人都要拦下来。

说到洗碗,李强的话更多了。他说薛珊喜欢做饭,却不愿意洗碗,他是不会做饭,但更讨厌洗碗,他的那双手怎么能天天在油腻腻的汤汤水水里搅来拌去呢?大家说,饭哪有会不会一说,就看有没有那个心。这么一分析,好像又显得李强心机太深了。李强就那么说开了他们家关于洗碗的故事。既然都不洗碗，总不能老扔碗，李强就说要买一个洗碗机。薛珊也只是在美国电影里看到过这种情形，哪想到李强真会给厨房装个洗碗机呢？薛珊没少跑商场，一家一家地看，一家一家地比较，甚至还为此去过两趟北京。半年下来，她拿定了主意。只是没想到买回来的洗碗机个头儿还不小。两口子平时也不怎么在家里吃饭，有了洗碗机，想着总不能让它闲着，就天天在家里对付，可就是再加两个菜，也仍然只有那么几个碗。都是全自动，一套程序下来，得一个多小时。起初两人新鲜，听着洗碗机转动的声音，还会搂在一起，到了后来，洗碗机开始出故障，不是碗不合适，就是筷子的长短不对。前后也就开了几次机，就不了了之了。这么一件东西，想扔又舍不得，放在家里，两个人时不时地瞅上一眼，又硌得心里难受。薛珊没少抱怨过。好在李强心理承受能力强，现在会自我调侃了。大家听完他的故事，也没有幸灾乐祸，反而说，这么好的男人事事依她，感情也真诚，她还有什么不满意的呢？完全没有道理嘛。独薛珊听得别扭，来了一句，就光说我的洗碗机，你不是买了双耐克跑鞋，不也没跑一天步吗？都喝了酒，李强的一段故事又助了兴，明灭不定的灯光里，没人注意到薛珊脸上肌肉的抽动。李强像是没听见妻子的不满。他兴致高得不行，又来了两句：

"媳妇儿，给大家讲讲你准备考博的事儿吧。"

"说说嘛。说说你那些朋友们考博的经历。"

薛珊没想到男人口无遮拦，说了夫妻间的腌臜事儿不算，这个时候又要她把朋友们的苦闷历程抖漏出来，之前她是把这些事儿当成笑话讲过，不过那也只是枕头边的闲话。而现在呢，李强却让她当众暴露她的心机。她感觉苦心营造的形象都被李强毁掉了。接下来的半天，她只盼着他们吃完了快些走。可李强呢，真像是个热情的主人，吃完了烧烤，又带大家去看他的画室，好像吃饱喝足了，还得品尝一番精神食粮。薛珊是压着满肚子火的，可到了后来，送走客人，她竟然忘了争吵，就在沙发上睡着了。半夜起来，听见满院子槐叶窸窣，又看了眼横卧在地下的李强，试着把他往床上拖，使了把劲，也没薅动，就拿了床毯子盖在男人身上。关了窗，她又睡了过去。

这一觉，睡得天荒地老，直到中午才起来。去厨房拾掇了半天，也没找见能吃的东西，却看见李强跟一个披着军大衣的人站在路口聊了半天。薛珊探出窗户，听了半天，可惜到处都是麻雀叽叽喳喳地叫，听得并不真切。等到李强进屋，她切菜的刀也剁得越来越响了。

"逮住个人就要说上半天，你和我在一起有那么苦闷吗？"

"他就是问我做什么工作，怎么不用坐班。"

"那能说那么久？"

薛珊没说出来的话是，一起这么多年了，也没见他跟她说过那么多话。李强放下电脑包，就拣起自来水管去浇花。要是不喊他，他可以拿着管子在那里冲一天。搬到乡下来，本想着是换个环境，亲近自然，尤其是有足够大的一个院子够她忙活，她就不会成天胡思乱想了。她只是没想到乡下也有人，而且他们的好奇心还挺重。有一天，住在隔壁的人过来，送了她几颗鸡蛋，说都是自家养的。又问她要不要鸡粪。她看着邻居满是泥巴的裤子，还是把她让进了屋。女人的嗓门儿很大，像是在自家院子逡巡，不停地东张西望，说她把那么大一块地全用来种开不了几天的花，太不划算了。话里话外，好像她实在是个不会过日子的人。

"这地，种点辣椒茄子西红柿，多好。"

话音落地，就往花丛里啐了口痰。薛珊当下就没按捺住厌恶。她不停地看着自己种的花，仿佛是要记住那该死的痰在什么位置。去超市买菜就不是过日子了？她住在乡下，可没说要和城里的生活脱节。她最爱干的一件事就是，开着车先去北美新天地逛一圈，到好利来吃块甜点，顺路拐到沃尔玛买些时令蔬菜。她说她想住个宽敞的地方，并没说她就是喜欢乡下。不是她瞧不起周围的人，而是她实在提不起兴致和她们说些家长里短。她和她们有什么好交流的呢？她解决不了她们的困苦，她们也理解不了她的不甘心。

她和李强之间，早就有了问题。她明白，他也清楚。虽然两个人都没挑明，但问题一直梗在那里。可能他们都以为换个大房子，重新装修一次家，一起合力做点事情，或许可以转移开两个人的注意力。不过现在很难说清楚他们当初有没有这么期盼过。他们都没有什么争吵，准确地说，不是她不想吵，而是和李强根本就吵不起来。就像魏中正形容得那样，你家李强真是个儒雅的人。一个儒雅的人，显然大吼大闹不符合他的气质。有时她气不过，就去掐他，迫切地想跟他打一架。可他还是一副饱受欺凌的可怜相，只是眼巴巴地望着她，她怎么就下得了手呢？好几回，他抬起满是淤青的胳膊，好像是举着得胜回朝的旌旗，笑着问她：

"你下回能不能轻点？"

说得好像他就知道她还会揸他似的。到了后来，她不睪了，跟着他一起，学画画，大幅山水不好把握，她就照着《芥子园画谱》画小人儿。乡下的院子是大，但也难免碰到一起，挨着了，两个人都像是知道自己越界了，马上分开。她和他，客气得很，真是相敬如宾了。

　　参加同事婚宴，薛珊破例把李强也带上了。她只是没想到会在婚宴上碰见魏中正。更没想到的是，李强还和魏中正聊得挺投机，握着他的手说个没完没了。薛珊看了一眼，低下头嗑了几颗瓜子，又看了一眼。这个魏中正，几年没见，梳着中分，穿着黑色中山装，竟然有些派头了。后面还跟着两个跟班，也是一身中山装，哈着腰，帮他提包，点烟倒茶。婚礼快开始，李强才夹着根烟坐过来。

　　"把烟掐了。"

　　李强却像是没看出来女人的鄙夷，依然兴奋得很："这个魏中正，现在闹得大了。"

　　李强滔滔不绝。照他的转述，这个大学都没毕业的家伙，靠着死记硬背的一点唐诗宋词，竟然研究开了国学。研究开了国学也没什么，竟然还搞开了国学传播公司。整得跟个明星似的，到处走穴。社会上都是这么一些人到处忽悠，你还能看到什么希望？尽管薛珊也是这么想的，但听到男人最后的落脚点回到了学历上，还是有些泄气。学历高能证明什么呢？她和李强，学历不低了，自以为过得也还行，这些年混下来，就像被温水煮掉的青蛙，早没了奋斗的动力，就是想图谋点什么，也是力不从心。

婚宴上的热闹，薛珊都不记得了。回到家，李强仗着喝了点酒，进门就搂她。薛珊紧紧握住他的手腕，问：

"你真的爱我吗？"

"当然爱。"

"哟，这个时候不说什么天天爱不爱的，爱情又不是大白菜了？"

"什么人啦？"

"你说说我是什么人？"她一把甩开李强的双手，好像是迫不及待要甩掉什么脏东西。"你去给我好好洗洗手。"

李强洗了一下，想接着搂她，可她呢，反复让李强洗手，用了洗手液，又用洗衣粉，用了肥皂，又用香皂，好像他的手沾染了什么不该沾染的晦气东西。她也不是嫌男人握了魏中正的手，而是他表现得如此兴奋，好像他刚刚参与了什么历史大事件。她实在是见不得男人前恭后倨的态度。一点城府都没有。过去她真以为男人什么都不在乎，可现在看来，李强说是追求古典世界，其实呢，想的也无非是追名逐利那一套。一想到自己活了这么多年才看明白，她不由怒从心起。

到了十月，家家户户都烧开了小锅炉，蓝色的煤烟从房顶上飘起来，远远地在阳光底下看，她还走了一截神，好像唐诗的意境隔着几千年穿越过来了。不过，等到烟雾飘进房间，她呛得眼泪直流，才意识到，要在这里挨过剩下的冬天，得多么漫长、痛苦。

四

埋掉兔子，薛珊彻底松了一口气。李强还没有意识到薛珊的情绪有什么不对，看见风吹乱了女人的头发，还过去抱了一下。

"好了，好了。我们别养兔子了，我们怀个自己的孩子吧。"

薛珊的表情谈不上悲伤，也看不出喜悦，反而有种苦尽甘来的放松。她往耳后拢了下头发，没有说话。还生什么孩子呢？她是盼过生孩子，可现在她脑子里想的都是母亲一心扑在孩子身上的画面。她可没看出什么母爱的牺牲和伟大。她从来就没想过做那样的女人。何况李强也没给她这个机会。都什么时候了，他竟然用生个孩子来安慰她。说得好像生个孩子就能把她打发了。她长吁一口气，想把心里掂量来掂量去的话说出来：这么多年了，她过得并不快乐。她才三十出头。她还想赌一把。无意中扫了眼李强，见男人一脸忧戚，她又硬生生把到嘴边的话按住了。再说，这荒郊野外的，实在不是正经谈话的地方。一路上，她都在想着，什么样的时机说这番话，李强就不会太激动，她甚至把李强听到后可能爆发的反应都考虑到了，唯一没有想到的是，李强听了她的话，竟然有些无动于衷。他好像是终于等到了这个结果。

　　"如果你都想好了，如果这样能让你更开心一点……"李强都没正眼看他。"问题是我们能不能先不要对别人说，你看，我妈都快七十了。"

　　薛珊又看了眼李强，马上就没有老婆了，他一心在乎的居然还是他妈的感受。和他妈有什么关系呢？是啊，他妈确实不容易，生了一儿一女，都不省心。女儿倒是生了个孩子，却像是给老太太生的，才一岁多，就扔到了娘家。偶尔，薛珊看不过去，跟李强说，李强也不吭声，好像他的姐姐也是完全没有办法。薛珊头一回见到世上还有这样的母亲。能说些什么呢？偶尔她和同事说起这本经，听的人也犯难，跟着叹气。现在的儿女到底是什么样的铁石心肠？薛珊见过婆婆带小孩子的情形。她见婆婆逗玩小孩子，不知怎么就想起了自己跟兔子消磨的时光。有些煎熬，只有她，能感同身受。

"她迟早都会知道的，再过两年，要是她发现你在骗她，不是更难受吗？"

"这是我们俩的事情。也许过两年，你又回心转意了呢？"他又补充了一句，"我不想让人看见我们的难堪。"

他到底还是更在乎自己的面子。

"问题是你妈很快就会知道，离婚了，我不可能还跟你住在一起。"

李强本来双手绞在一起，好像生怕一松手，有些东西就再也把握不住了。"要不你去跟她解释一下，就说你要去国外再念一段时间书？"

别人的离婚不说伤筋动骨，至少也要脱一层皮，薛珊没有想到自己的离婚，竟来得如此容易。李强以为薛珊什么都已想好，甚至看见她慌里慌张往外搬东西，还说：

"怎么他没过来帮你？"

"什么？"

"和我离婚不是因为你在外面找到了更合适的男人？"

窝在后北屯的简陋宿舍里，薛珊双脚搁在窗台上，和远在北京的孟惠说起李强的反应迟钝，还是情绪激动。

"难道所有的离婚都是因为先在外面有了人？"

孟惠笑了起来，好像这个问题实在算不上问题。"李强的反应也正常啊。你就是现在没有别的男人，马上就会有别的男人填补这段空白。难道你离婚就不是为了再找一个更好的男人？"

薛珊没有想到所有的人都是这么看待她离婚的动机。一个女人主动要求离婚，除了渴望找到更好的男人，还能有更合理的解释吗？薛珊也无法辩解。刚搬出来的那两天，李强还时不时地，给她打个电话，似乎没了她，日子真是不习惯。原先他不会做的事，好像失去了，一下子就顿悟了。薛珊也接，只是兴致不高。她总是在男人啰里啰嗦地交代时，说：

"行了，行了。"

单位的人知道她离婚了，好像生怕她一个人熬不过去，隔三岔五，总有人叫她去吃饭。饭桌上自然也有酒。不喝酒，气氛怎么上来呢？她经不住激将，也跟着喝了几杯。她酒量好的名声就这么传出去了。起初，她跟着一帮人喝酒，瞎侃，并没有什么感觉。就是酒醒后有些懊恼。她可不是

96

因为离了婚，伤了心，所以沉溺于酒精。次数一多，难免要反省，暗示自己，不能再这么下去了。可她不懂得如何去拒绝。叫她去场面上应付的人，都是单位的些小头目。是看得起她，才去叫她呢。

单位搞元旦联欢，同事们这才发现，薛珊还有跳舞的特长。自然免不了又有人恭维，夸她漂亮，身材好。这样的话，也是半真半假，不过，她还是爱听。她努着劲儿，想配合着热闹的氛围。许是想法多了些，再次喝酒，难免心不在焉。结果别人认为她喝得不到位，一个劲儿地给她倒酒。趁着酒劲，男人还说，她挺不错，要是能听他的建议，会进步得更快。旁边的人就起哄，让她再敬酒。许是女人天生的虚荣心吧，都这把岁数了，还有男人愿意奉承她，她免不了心底发飘。这种感觉就像头一回上班，魏中正冷不丁对她说了一句："一看见你，就对你印象可好了。"她当时高兴了好几天。无意中听到他和别的女生也是这么搭讪时，她才反应过来，并不是她有多么特别，都是男人的套路。只是现在是在酒桌上。一桌子人，这个戴着假发的男人也没必要专门来讨好她。兴许他说的，还真是心里话。她双手握着酒杯，好像是在拿捏，又像是等待他探过身来再次和她碰杯。

就是这样，她给喝多了。喝多了，男人又把她叫到办公室去喝茶。她去了，才发现就她和他。她当时还是清醒的，想着这茶是没法儿喝了，得走。酒，还有茶，都是老一套了。老一套没什么不好，这些形式创造出来，就是为了消磨尴尬，或者说是谈点心里话的背景。她不小了，应该意识到即将面临的危险。她脑子清醒，身体却不由她。更没想到的是，男人竟然如此直接。他一把薅住她，湿滑的舌头硬生生顶开了她的牙关，卷住了她的舌头。

　　到了后来，她记不清是怎么跑出来的。她出了办公室，死活找不见楼梯，就倚着栏杆在那流泪。她想不明白自己怎么就成了这副模样。有人在楼下朝她打招呼，问她需不需要送她回去。她顾不上回答。

　　男人走出来，又将她牵回了办公室。也可能是喝了点茶，男人清醒了些，没再对她动手动脚。他像是什么都没有发生似的，递给她一碗茶，就自顾自地打开了电话。他满口脏话，说得那么兴奋，还掀起了衣服，白生生的赘肉触目惊心地晃到了她的眼前。她再次哭了起来。男人按住电话，像是有些不高兴：

　　"别像个傻逼娘们儿似的，不要再哭啦。"

　　薛珊吓蒙了，看见男人嫌恶的表情，不由自主地打了个嗝。从来没有人这样说过她。就连她妈也没这么骂过她。她冲过去抢他的手机，一个劲儿地喊：

"你说什么？你凭什么骂我？你得给我道歉。你得给我道歉。"

她疯狂地抓挠，把男人的假发也掀到了地上。男人着急忙慌捡起来，重又戴在头上。然后才像是被她的举动吓坏了，不停地摸着她的背，说："好了，好了。我傻逼行了吧？我是个大傻逼行了吧？"

回到后北屯，她一个人在浴室里待了很久。她痛恨的都不是男人对她的不尊重。老实说，男女间的那点破事儿，她早就看开了。她只是想不明白，既然有心思做那件事情，为什么要趁着醉酒。就不嫌脏吗？

那盒放了几个月的女士烟，她终于把它点燃了。香烟的味道并不好闻，呛得她眼泪直流。她打开手机，想找个人说说话，竟然不知该打给谁。最后还是拨通了李强的手机。李强那头乱糟糟的，像是在酒吧。

"在哪里呢？"她的语气还是那么冲，好像她还可以像从前那般管教他："这么晚了竟然还不回家，还是个好男人吗？"

李强不知道是真没听见，还是不方便，喂了几声，就挂了电话。等她再打过去，竟然关机了。薛珊摁灭烟头，自言自语的，又说了句：傻逼娘儿们。泡完澡，她就想明白一个问题，这鬼地方，不能再待下去了。

第二天，到了单位，还没去给领导说辞职的事，就听人们再议论，说隔壁一个处长昨天喝多了。喝多了也不算什么，他经常喝多。问题是，他这回竟然让打扫卫生的小王去扔床。好端端的，扔什么床呢？据打扫卫生的小王讲，扔了床，顺便帮着打扫了一下，结果从床底下看到了些不该看到的东西。说的人兴奋得不行。薛珊听了一会儿，越发泼烦，就走开了。走在楼道里，好像每个办公室都有人在看她。她甚至能感受到那些幸灾乐祸的眼光。他们看到她走过来，马上就闭嘴，假装在忙什么正经事。薛珊本来窝着肩，像是做了什么亏心事，不知为什么，却又突然挺直了腰。她整了整衣衫，擂鼓一般敲响了集团老总的房门。

五

去西藏前，李强打来电话，说是他妈满七十岁，她到时候能不能出现一下。薛姗说，哟，这会儿想起我了？李强仍是讷讷地解释。薛姗说，别讲那么多没用的。李强说，你去养老院看望孤寡老人也是个看，何况你还和我妈一起生活过几年。一句话倒把薛姗将住了。薛姗说，到时候看时间吧。真的到了那一天，李强来接，薛姗也没想着要再找借口。

看得出来，李强确实为他妈的生日做了精心准备。除了邀请彼此都熟悉的亲朋好友，李强还和中正国学传播公司合作了一把。那是薛姗头一回见李强弹古琴。身着青色长衫的魏中正，有板有眼地主持仪式，据说完全是再现纯正的汉唐古礼。说得再玄乎，薛姗还是感觉太拿腔捏调了些。倒是李强坐在那里拨弄琴弦的样子让她有些心慌。她不是没见过男人安静的样子。只是这回好像又不太一样。她拿不准是怕李强出丑露乖，还是隔得太久没见，因为新鲜，心底的某个角落被触摸到了。也是这个时候，她才意识到，说是两个人同一张床上睡过这么多年，她到底没有走进他的世界，或者说，她一直都只是在乎自己的感受。古琴余韵袅袅，久久盘旋不去。回到后北屯，薛姗先是泡了个澡，抽完两支烟，起来用毛巾一裹就坐到了窗前。窗外万家灯火，凝神细看，还能见到云朵，棉花糖一般，柔软。她拿起iphone，在QQ音乐里搜古琴，《平沙落雁》，《梁祝大全》，一曲曲听下来，本来还有点睡意，到了后来，她忍不住在空中不停地拨弄，好像在空气中摸来摸去，就能感觉到李强的手。她这样玩了一会儿，发现胳膊再酸，还是不想停下来。七弦古琴的声音如此简单，好像全世界的孤独都压到了她的胸口。这是二〇一四年，朋友圈满屏都在秀恩爱，爱你一世，而她只记得自己已经三十一岁，没有工作，没有丈夫，没有孩子。

她只是想出去走一走。去了北京也有些失魂落魄。站在地铁车厢，乱糟糟的车厢全成了背景。她先是感觉有个老外在看她。老外是真老，头发都掉得只剩一圈了。好在他也只是看了她一眼，又低头看书去了。他看她的时候，其实笑了一下。她不太把握得准他笑，是因为被旁边小孩的说话声逗乐了，还是在对她致意。在这样的场合被人注意到，她还是有些不自在。老外左手拿着杯咖啡。他喝了口咖啡，又看了眼她。这回是先看她的脚。薛珊光脚穿了双回力鞋，搭的也是麻布长裙。他对她又笑了一下。薛珊也笑了下，不自然地，并紧了双脚。等老外的眼光归了位，她往耳后拢了拢头发，又对着玻璃，挺了挺胸，往下拽了拽胸前的衣服。窗外黑漆一片，时不时闪过几丝光亮。

也是那个时候，她匆忙做了个决定，先不回太原了，直接坐高铁，去青藏高原。许是阳光猛烈，也可能是因为缺氧，接下来的日子她脑子迟钝了。她根本没有想到，在拉萨会遇见杨武。小伙子跟一帮朋友骑行，走 308 国道，边走边卖唱。人晒得黑黑的，健康，一笑就露出稍微有点外凸的白牙。她不知怎么就认定他是对自己生活有把握的人。她纯粹是被他说话的样子给迷住了。

"想想我们骑行的事，其实挺痛苦。不说你们旁外人了，就是我们自己，搁到现在回过头看，也挺二的。屁股都肿了。"兴许是说到了身体，薛珊还正了正腰。"真是没法儿解释为什么要骑这一段路，你去 308 国道上打听一下，看看那些骑行的，有几个人能说得出个一二三四？就是年轻，找不到事干，又蠢，又冲动。"

年轻人虽是这么评价自己，薛珊却还是感觉特别好。年轻的生命自有他动人的地方，饱满，有活力，完全不用顾忌别人。这话说得好像她也年轻过似的。她年轻时完全不一样。她可从没想过要天南海北地跑，或者说她那会儿的年轻人还没有想到要这么干。没有勇气是一方面，主要是她对外面的世界不确定，满怀恐惧。而这个年轻人说起路上的经历，两眼透着亮光。

"年纪越来越大，我还是躁动不安，兴许将来还会干些出格的事，不过可能再也不可能像之前干得那么好了。"

才多大的孩子啊，竟然敢在她面前提什么年纪。她定定地看着他，好像是在琢磨他还会干出什么更出格的事。也许还有那么些着急吧，到最后，她竟然想开解他。还是年轻人脑子转得快，懂得礼貌，问她要电话。薛珊也留了一个，只是回到房间，她就把电话删了。她害怕喝了酒控制不住自己，胡乱给人打电话。

回到太原，薛珊在楼下电信交电话费，碰见老板。先前她来，和他也就说个一句半句话，这回她还没开腔了，男人就说起了他的苦恼，原本以为把店开在这里，附近的楼盘一交房，生意就会好起来，哪里知道一拖就是好几年。他嫌这里的租金贵，一年七八万，还不如他在高速口新租的房子，院子大，还便宜。再坚持一段时间，不行到了夏天就卖西瓜。当时她晕头晕脑听了半天，附和着说两句话。等到回到家，她像是开了窍似的，想，别人都敢想敢干，为什么她就不能呢？昏天黑地琢磨了半天，在柳巷附近开个茶舍的念头就出来了。店名都想好了：有间茶舍。

开业的那天，李强也来坐了坐。他说他早就看出来她不是个安分守己的女人。这么说，并非质疑她的人品，而是说她为人处世有自己的一套想法。薛珊笑了笑，好像这个前夫并不是像她想的那么不懂她。她有那么固执吗？她心底还是赌着一口气。只是现在，她学会隐忍了。

杨芹从德国回来，本来约好在茶店见面，后来又说她正好路过后北屯，问能不能上去坐一坐。薛珊说家里乱得很，杨芹说，我又不是来跟你过日子，你担心什么？进了门，杨芹看见连客厅都晾着衣服，还是有些惊讶。

"这么说，你是净身出户？"

薛珊没说话。她从没想过还要靠着别人生活。杨芹又问了一句："你早年那个同事呢？就是搂过你的那个老男人？"这话把薛珊听得怔了一下。她脑子过了一遍单位的几个老男人，在想自己是什么时候给她说过这些事。"就是那个后来搞国学的啊。他不是也住在后北屯吗？"

"什么啊，人家早在滨河路上买了河景房了。"

"还以为你搬到后北屯是因为他呢。好像你说过他也住在这里。"

这话又把薛珊震了一下。听起来，感觉是一个被魏中正抛弃的地方，却又被她薛珊接手了。薛珊眼皮跳了一下，干咳一声，说隔壁还住着一对年轻夫妻，声音小一点。杨芹站了起来，问她：

"你就从来没觉得不方便吗？"

"什么？"

"那么多人挤在一起。"

"我只是想着和人合租能沾点人气儿。"

"原先你不是这样的。"

"如果我说是想近距离看看别人是怎么生活的，你会不会认为我疯了？"

有些话她没法儿说出口。房子最早是她租下来的。住进来了，总感觉哪里不对劲。后来才意识到是房子太空了。她没少买东西。可还是占不满三室两厅。这才想着要合租。起初她的要求挺高，得单身，爱干净，最后还是妥协了。她就是想家里有点动静，免得一个人天马行空地胡思乱想。

"这个我倒没想到，就是在想，你就不怕受刺激？"

"你是说怕听到他们做爱吗？"

好像经了朋友的提醒，薛珊才意识到这也会成为一个问题。努力回想，她完全不记得曾听到过男女之事的声响。她倒是听到过他们为一些鸡毛蒜皮的小事争吵过。在这样的环境里生活，还会有这些欲望吗？就像她自己，有过好几回失眠，但没有一回是因为想男人而睡不着。她想要做的事情太多了，哪顾得上这些儿女之情呢？事实上，经见了几个男人，她对这个物种都产生了怀疑。

这话还是过于决绝。接到杨武的电话时，她还是走了一截神。回过神来，才掏出口红补妆。补完妆又嫌亚麻的衣服太素，素性穿了件紫花长裙。她怕 hold 不住，外面又套了件黑色小西装。杨武过了半天才来。还不是一个人。还带了两个朋友。那天晚上，他对她都说了些什么，她全忘了。另外两个孩子，借口提前离开了，她还托着腮，听杨武说话。杨武的专业是唱歌，可他的心思好像也不在唱歌上，至少从他的话里面，听不出来他对这一行的敬畏。尽管他说的话多数都没有超出他的判断，她还是喜欢看着他，好像他上下翻动的嘴唇时刻都会闪出奇思妙想。她在想，她这个年纪都干了些什么。她就记得刚上大学，一个班跑去当群众演员，在灰黄的山村里待了两天，别人为一天能挣五十块钱还包一顿盒饭而兴高采烈，只有她紧盯着摄像机，幻想着导演能注意到她的与众不同。甚至等到拿到剪完的片子，她还和家人一起坐在电视跟前寻找她在什么位置。她要不是这么虚荣，怎么解释她快毕业时跑到横店做群演？枯着眉眼回想了半天，这些年一路上做下的事，好像也不过是扮演面目模糊的群众演员。

"成天天南海北地跑，你爸妈就不担心吗？"

"担心？怎么不担心？不过，他们给我凑够了首付。只是我还不确定待在哪里。"

"这么大了，还好意思继续找父母要钱？"

"那怎么办？要不我来你这里打工？"杨武的眼神突然就黏上了她，烙得她心底抖了好几下。

"你这种人，我怎么养得起？"

"我是什么人啊？"

"你是什么人你自己还不清楚吗？"

这话有批评的意思了，好像是在责怪他的轻浮，又像是在暗示些什么。杨武只是直直地看着她。她有些羡慕他的年轻，连眼神都那么干干净净，一点油浮的沫子都没有。

"我是担心，别好不容易培养成了熟手，你随时都会抬腿走人。"

"开玩笑呢，我可不想在我喜欢的女人手下打工。那样，太没面子了。"

薛珊的脸腾一下就红了，好像身体里的某种东西被点燃了一样。"傻孩子，胡说八道什么啊。"对，她一直认为他还是个孩子。她只是没料到现在的孩子胆子那么大。

杨武握住她的手时，薛珊还说了句违心话。"别这样。"事实上，她浑身都在颤抖，都忘了抗拒一下。完全是半推半就了。她怕一推，男人真的收了手。"我会害了你的。"她能感受到他紧绷绷的屁股，滚烫的屁股像块烙铁。脱衣服时，她有些羞涩。她生怕他看清她大腿上因为肥胖撑开的皮肤裂纹。可他的嘴像个看到米堆的鸡仔，一头埋了进去。她搂着他，好像是做梦一样。事后，他还是抱着她。她说他累了可以睡一会儿。他说他怕梦醒了她就不在了。结果，过了半个小时，他又开始摸她的胸。起初她以为自己可以忍得住，到了最后，她还是紧紧搂住了他。在他漫无边际忙乎的时候，她一直瞪着眼睛，好像生怕漏掉这些最不可思议的细节。

"哦，宝贝。"

"怎么啦？"他把头从她的手掌里挣出来。

她没有回答，再次把他的头摁了下去。"宝贝，你怎么可以这样？"

杨武像是受到了鼓舞，捂住了她的嘴。一晚上，他们都在重复这些最简单的动作。有时累了，杨武还是忍不住要说话。

"我其实做过很多不好的事情。"

"能有多不好呀？比欺负一个老女人更不地道吗？"

杨武说那会儿流行摇微信。他摇到了一个姑娘。其实聊天的过程中，他就知道这个姑娘是在出卖色相，尽管她的借口也太拙劣了些，说是就缺五百块钱。而他呢，仅仅因为她长得还行，就去见了她。见了她，就去开房。只是在干那件事之前，他给她讲了半天人生大道理，说是靠体力活挣钱没错，但不能打着这样的旗号找男人要钱。他甚至还给她指明了一条从良之道。吃青春饭总有吃不动的时候，活着，还是得要靠脑子，得多读点书。他也不知道自己为什么那样说话，可能说出了那么一番道理，就能缓解他的恐惧。

听了杨武的话，薛珊好像更心疼了。谁年轻时没干过几件糟糕的事呢？她不停地摸着杨武结实的腹部，说："你真的挺好的，杨武。你不知道你有多好，杨武。"杨武好像这个时候也得说点同样的话，才对得起她的夸赞。他说她也挺好。他说他没想到她这个年龄段的女人身材可以保养得这样好。也是在杨武这样说话的时候，薛珊才有些失落。她不知道是该为自己的身材没有变形感到开心呢，还是为自己都这把年纪了还像个没见过男人的傻逼娘们儿感到沮丧。只是，这些刺刺拉拉的声响，并没有在她的脑海里停留多久。他总是有办法转移她的注意力。他太不老实了，不是手闲不下来，就是舌头闲不下来。他就像一头刚闯进大草原的小牛犊，顾不上吃草，就在那里没头没脑地跑来跑去。

荒唐啊，很多没有和人说过的话，她都说了出来。她好像一点都不害怕他会从她的话里找到什么蛛丝马迹。但她自己明白，她说的那些话是多么字斟句酌，就像台上的一个戏子在那里背台词一样，虚假，做作，目的都不过是维系她可怜的形象，不像他，什么话都和她说了，还说得那么自然，根本不担心她，承不承受得了。

六

杨芹都嫁到了德国，都得到了永久居留权，却又回到了太原。问起原因，也简单，就是习惯不了德国人的死脑筋。她到处找工作，所有的单位听说她的国籍是德国，再也没了下文，好像一涉及国际友人，就害怕引起外交上的纠纷。和薛珊说起来，她简直有些悲愤。

"我本来就是一太原人，口音都没变，为什么人们就那么在乎形式？"

这话把薛珊问住了。她和杨武的恋爱正在水深火热之中，哪里顾得上闺蜜的苦恼。她说："你要是不嫌弃，也来茶舍帮忙好了。"

"我一个德语系的研究生，天天跟你的小男朋友厮混？"

怎么是厮混呢。男人的有些好处，薛珊也无法和闺蜜分享。她说杨武也不是在给她做事，他说是在给她帮忙，其实，更多的时候，他是在教她唱歌。

"这把年纪了还想上《金光大道》？"

"什么呀，你就不能想得健康点？"

那段时间，薛珊发现自己不管看到什么东西，都会想起杨武。除了杨武，她没有办法去做别的事情。怎么能这样呢？搞得跟没见过男人似的。她不停地暗示自己，要矜持，不能表现得太过分，太热情，只会适得其反，把他吓跑。更多的时候，她想起杨武运动完满是汗味的身体。无意中和朋友分享许多秘密，她都会忍不住，要模棱两可地夸一夸杨武。这个男生，跟她遇到过的男人完全不一样。

好像是生怕杨武多心，每到月底，薛珊都会给杨武的中国银行卡上存一笔钱。像是为了避嫌，她都没有用网银转账，而是去柜台。出了门，就把存根丢进了垃圾桶。她担心自己的好意会被杨武误解。她不想给他造成压力，让他以为自己是个吃软饭的。这些她在心底来来回回琢磨的小心思，也从没和杨芹说起。有什么可说的呢？有些东西说出来就变味了。她总想着和李强一起背过的《朱子家训》：善欲人见，不是真善；恶恐人知，便是真恶。

过年的时候，薛珊跟杨芹在酒吧喝酒，喝醉了，杨芹怂恿她，说她应该和杨武表白。是啊，都好了这么久，杨武从来没说过爱她，她也没说过爱他。他总是说，你太好了。她也像是怕说出了爱他，就先低他一等。都这把年纪了，怎么好意思说爱呢？平时不好意思，喝了酒，就有些冲动。经不住杨芹激将。薛珊开口了。在电话里，她大声说：

"杨老师，我爱你。我爱你，你知道吗？我这么爱你，你爱我吗？"

杨武喂了几声，还说了句什么破信号。电话断了。她不依不饶，再拨，电话正在通话中。她再拨，电话就成了忙音。薛珊就对杨芹笑，说，这个杨武，不会又是去山里骑行了吧？杨芹说，我试试。结果，电话又通了。

这个时候，薛珊才知道，杨武把她拉进了黑名单。

那些天，薛珊不知道自己是怎么过来的。她甚至都没想找杨武讨要一个说法。她像是被抽走了脊梁骨，走到哪里，要么躺着，要么卧着。事情怎么突然就变成了这样？其实一点也不突然。只是她当时以为自己的体贴，自己的宽容，能够让他明白谁才是真的对他好。可男人根本就不在乎。他不在乎。他什么都不在乎，而她还像个傻逼娘儿们似的，徒劳地努力，好像非得伤筋动骨地伤感一番，才对得起她的付出，她的真心。她的智商怎么就这么低呢？她使劲掐自己的胸，好像这样就能早些清醒过来。

他很少在后北屯待一整夜。他没有表露留下来的意思，她也没有挽留。只是好几回过节，她给他打电话，开玩笑似的，问他怎么也不问候她一下。他还是那种哈哈的干笑声，说，怕过节你和家人在一起，影响到你们呢。她当时没完全想明白他的话，只是注意到他的笑声有些勉强。现在回过头想，哪里是他怕影响到她，明明是他怕她纠缠他。

在他一点一点冷落她的时候，她还是那么热情。连他出去相亲，她都支持他。他也像是很信任她，每见一个女孩，都会详细地把过程讲出来。有几回，是他自己没看上，有两回，他看上了，说这回遇到的马丽芬不错。问哪里不错，他说她信任他，也支持他的梦想。他的梦想是什么呢？可不单单是唱歌，还要自己创作。他说得那么认真，她感觉要是突然打断他的话都是亵渎。听他讲完和女孩相处的一些细节，薛珊还是不露声色，过了一阵，确定他讲完了，才说，还没结婚呢，就被管得这么紧，将来，你可是有得受了。他应该也听懂了她的话，果然再问，他连提都不想提了。

她一直以为，这么私密的事，他都和她讲，肯定是出于信任。而今，薛珊明白了，他为了摆脱她，不让她怨恨他，一步步试探，费尽了怎样的心机。一想到他的心机如此之深，她就恨不得戳瞎自己的眼睛。她总是回想起最后一次见面时的情形，他慌里慌张地跳上了公交车，连头都没有回一下。她当时还为他担心，以为他碰上了什么事。她坐在车上，看见路旁走过的行人，一个个那么漠然，没有一个人接住她无处安放的目光。她估算着他回了家，还兴冲冲地给他打电话：

"你最近怎么啦？真的和那个马丽芬好上了？"

"说不清楚。"

"要是你有这方面的苦恼，也许可以和我讲一讲。"

"咱们以后别聊这些好吗？太无聊了。"

他的态度那么明显，而她竟然毫无意识。她还求他下个星期一起去庞泉沟，参加朋友组织的徒步活动。他是怎么回答的呢？他说他不敢确定。而她呢，还是一如既往的兴奋，只是问他：

"就表个态吧，到底来不来？"

她根本没有别的想法，只是想着一起开开心。

现在前前后后一想，她反应过来了。他当时答应她，说去，后来又没去，态度早就表明了。而之前，他着急离去，完全是不想看到她了。他连几句模棱两可的话都没和她交代。常见的桥段中，不是应该还有那么一点温情吗？

现在，她是能想明白了，但并不等于她就咽得下这一口气。过了两个月，她试着拨了他的电话，竟然通了。她问他，她到底做错了什么，竟然如此对待她。她不是想吵架，但因为带着气，声音免不得有些刺耳。

他说家里人知道了他和一个离婚女人相处的事，都在阻拦他。而且，而且最要命的是，他把马丽芬的肚子搞大了。

他说得那么直白，好像完全不怕伤害到她。难道在他的眼里，就只有那个蠢蠢的马丽芬才是他的女人，而她薛珊不过是一个抽象的符号，一个离婚的女人。她感觉自己好不容易平复的心情又翻江倒海了。她差不多是在质问，做人怎么可以这样。

"我明白你的意思，想找一个谈得来的男人，过自在的生活。我也想和你在一起。只是，光靠希望，什么问题也解决不了。我太穷了。"

"我们可以一起努力啊。"

"这不是努力的问题。我从来没想过要靠女人的接济生活。如果我做什么都要活在你的影子之下，我还是个男人吗？"

这话多么熟悉。当年她不也是这么想的吗？以为摆脱了李强的束缚，她的日子要好过些。谁知道过了这么多年，她不过是从头开始找一个男人。而她好不容易看顺眼的男人，竟然这么轻飘飘地就把她打发了。她为自己过去设想了那么多未来感到羞愧。

七

"以后你就打这个专线。"

过了些天，杨武又打来电话。他说他又办了一个手机号。他是笑着说的。可她却听得别扭，好像她和他做的事，实在见不得人。她突然就明白了，她并不是他唯一的女人。他一直在提醒她，只是她不愿意承认而已。而现在，因为她的执念，竟然逼得男人想出如此愚蠢的办法。怕被马丽芬追查，又想着怕伤害到她薛珊，想不到更好的解决办法，所以就有了这一出。前因后果一分析，她越发觉得自己是正确的。杨武还在那笑，说他只是不想和女人为这些事天天争吵。设黑名单的是他，不设的，也是他。薛珊本来没有那么生气，听了杨武的话，忍了那么多天的火气终于爆发了。

"我不会给你这个手机号上打电话。要是你的那个小女朋友马丽芬查出一个手机号全是我们的通话记录你让我怎么解释？我们的事有那么不堪吗？至于要搞得那么偷偷摸摸吗？"

"你到底做了什么让她对你如此没有信任感？"

"她那么做，不允许你跟我打电话也是对的。问题是我们现在也没有什么。你跟她摆明了什么，说我就是你的学生，就是想跟你学学唱歌。她总应该能理解。"

"你倒是说句话啊？"

杨武像是迟早料到了这样的结果。他把声音压得很低。

"我是个没用的男人，只是求你，不要再给我寄钱了。你和我女朋友马丽芬一样。你们是不是认为给我点钱，我就会有愧疚感？"

"你怎么能这样想？我给你钱，都会找各种各样的理由，希望你不会难受。"

"可你的态度不是摆明了吗？"

"我什么态度？杨武，我真是白瞎了眼了。你自己没把事情处理好，倒赖上我了是不是？"

"她不理解，之前为了摆脱她，要跟她分手，我把我们之间的事都告给她了。"

"你说你有没有脑子。你怎么能这么做？你怎么能把我们俩之间的事搞得让第三者也知道？"

"我蠢。我没脑子。"

"你不是蠢。你就是无赖。一二再再二三的让我难受。过年把我拉进黑名单是一出，换专线电话又是一出，现在又说你女朋友马丽芬在查你是一出。你女朋友，你女朋友。开口闭口都是你女朋友。杨武，你没把自己的问题处理好，就告诉我这些，摆明了就是以为我一离婚女人，懦弱好欺负是不是？我跟你说，杨武，我们认识多少年了，你清楚。现在，你因为一个刚认识没多久的女人，就这样对我，你还是个人吗你？你怎么可以这样对我？我跟你说，杨武，还没有一个男人这样对待过我。我跟你说，杨武，别把我逼急了，逼急了，老娘非把你堵在家门口剁了。"

"你把我剁了你会好受点吗？"

薛珊又歇斯底里说了一大堆。

杨武不再说话。

"你倒是说啊。你不是总是有那么多理由？"

"我不知道该说些什么了。如果我们都没有那么多糟糕的事，如果你不是老给我钱，要不然我们也会相处得更自然一些。"

他说了"如果""要不然"之类似是而非的话。他好像对两人最后说了这样几句话感到如释重负。

怎么说得讲究一点，体面一点，也许那样她就不会怨恨他。他本质上就是想做一个好人。都到了这个时候，他在乎的还是这可怜的形式，想着也许能好聚好散。她在乎吗？小白脸。那么自私。还想事事都合他的意，以为搞得精致一点，场面就不会那么难堪了。她怎么可能不怨恨呢？甩她就甩她，用得着这么冠冕堂皇吗，用得着这么铺排吗？好像她实在是个难缠的麻烦。过去她以为他和别的男人不一样，现在她才明白，还是她把有些东西美化了。都说吃一堑长一智，可她在情感的道路上，从来就没有进步过。

"我跟你说，杨武，我不允许自己瞧不起自己。我不允许自己再懦弱下去。"

她暴跳如雷。从房间里出来，眼泪忍不住掉下来。她不停地走，到最后简直像是在奔跑。只有她自己明白，世道真的变了。只有满脸泪水能看出来，她是在纳闷，像是一个从来没想到会把日子过成这样的女人。

那些天，是她最沮丧的时候，为了暗示自己，她没少想办法，比如改 QQ 签名，每天贴些"真正的强大不是没有恐惧，而是带着恐惧勇往直前"之类的话。她说她再也不给他打电话了，心里却又在盼着他打来电话。她甚至都想好了，如果杨武再给她打电话解释，她会如何回答他。她会听他说完，然后说：

"还有什么要说的吗？没有，以后就不要骚扰我了。"然后再毫不犹豫地挂掉。

这个男人都轻松撤退了，她不允许自己还像个傻逼娘儿们在那里做无谓的思念。她认为自己熬过了一关，就算捡回一条命了。她以为会很难。谁知道她会拿这件事和结婚做对比呢？她意识到，她自以为对杨武好，其实呢，那些起心动念，未必是真对杨武好。那段时间，她跟着一帮朋友天天研读《菩提道次第广论》，虽然读得艰难，到底是熬过来了。一想到自己过去也是在不停地扮演烂好人的角色，她更是多了几分惭愧。

这天倒腾东西，竟然翻见一张百胜的健身卡。那时，和李强刚结婚，路过楼下超市，门口两个学生模样的年轻人，一口一个哥一口一个姐，免不得停住多听了两句。当时，两个人还想要孩子，变着法儿看怎么能提高身体素质。没经住宣传，就掏了钱。只是去了几回，到底也没有坚持下来。她照着健身卡上的信息拨过去电话，才知道后北屯就有一家分店。只是听说后北屯马上就要搞城中村改造，店面快要搬迁。具体多会儿搬，却也没确切的消息。薛姗问这几天还开门不？接电话的姑娘说，姐，你就过来吧。我们是要坚持到最后的，只要有顾客上门。薛姗套上跑鞋，把一塑料袋洗漱衣服放进双肩包里。下楼都懒得等电梯，索性走楼梯。

有一回，她十一点多从健身房出来，看见那些粉色的店铺还亮着灯，衣着暴露的年轻姑娘还在那里坐着。她们旁若无人的样子，好像根本意识不到周围都拆得乱七八糟，堆成山一样的砖石快要把她们埋住。看着她们的时候，她就会想起和杨武好上那一阵子，他给她讲过的故事。是啊，他劝过那么多女人从良，现在轮到她了。这些想法混乱，又牵强，等累到极限，她的脑子才死机一样，堕入无边沿的黑暗。

但凡有了空闲，她就去健身房。好些中午，就她一个人在满是亮光的室内机械重复。她也不觉得枯燥。汗液顺着脊背流下，好像经年累月淤积的毒素也排出来了。

不觉间，她竟然坚持了好几个月了。每天临睡前，她入了魔怔般，就在那看健身的文章。到了凌晨五点半，闹钟一响，径直竖起来。有一天，她无意中触摸到自己的臀部，像是烫了一下，她没料到自己的两瓣屁股竟然如此结实。

她像是不放心似的，又捏了一把。她在镜子跟前挺了挺胸，胸还是那么小，但浑身好像都充满了力量。

某个周五，她竟然买了张去五台山的火车票。到了沙河镇已经四点半。错过了去东台顶看日出，也没什么。两天走下来，大腿根都酸痛，她仍是天天惦念再出门。

弟弟妹妹读到高二，母亲松了一口气。她再给薛珊打电话，话里话外都是马到功成的放松。但神经也没全松下来。得知弟弟学校的校长病了，在北京 301 医院住院，母亲又急了。直问薛珊怎么办？薛珊说，能怎么办？以你的性格，不去看一看你还能睡得着？结果薛珊带上母亲去医院看了一眼，就去吃炸酱面，商量下一步去哪里逛一逛。薛珊还拿着手机搜去南锣鼓巷的路线呢，母亲却说，新闻里不是说地坛这两天在摆书市吗？母子三人又去逛北京地坛。一路上，母亲都在大声感慨，这么多年，她尽忙着照顾她们三姐妹，没好好看过书，这回去了，一定要多买点书回去好好读一读。母亲的口气那么大，好像再多读几本书，她的人生就要发生天翻地覆的改观。母亲这么说一句，薛珊在心里顶一句，好像是哪里不能买书，竟然要跑到北京地坛买书。不过，听到最后，见母亲还是坚持想逛书市，好赖竟也隐约有些期盼，就像小时候盼着母亲带她去菜市场，那么多花花绿绿的东西，她一双小眼睛简直忙不过来。

书市上人不少，她拣了个人少的地方，蹲下翻起来。无意中翻见一本穆旦的诗集《旗》，正读着其中几句，母亲却在旁边喊开了。要过一些年，她再翻起这本诗集，诗里的这几句"这才知道我的全部努力 / 不过完成了普通的生活"才会跳到她的眼前。现在，她只是匆匆掏了钱，跟着母亲走。母亲完全忘了几分钟前说过的话了。好像书市那么大，完全不着急这一时半会儿的工夫，着急什么呢？她的兴致更多是被各种小商品牵绊住了。

结果，母亲也没买什么书，竟然买了五个青瓷碗。买了碗，又说去 798 看看。这一路上，碗都是薛珊提着，转地铁，搭公交，薛珊的手指头勒得又木又肿。一趟 798 逛到天黑，也没转明白。到处都是乌泱乌泱的人，薛珊看得眼晕。母亲说：

"没想到这园子竟然有这么大。"

也是这一天，正坐在咖啡馆里活动手指呢，李强打来了电话。李强问她在干吗？她说，能干吗？闲得无聊，在798 跑步呢。不怎么开玩笑的李强来了一句：

"你这也是玩开了行为艺术？"

虽然李强说的话生硬，还有那么点阴阳怪气，薛珊也没在意。她问他妈身体怎么样，他说他的工作室又雇了几个人。他们说得那么自然，完全看不出来横亘在他们中间的巨大隔膜。她一边举着电话，一边看着咖啡厅摆着的一架古琴。走近了，才看见琴边蹲着一只小猫。见她走来，小猫也不跑，就在那里歪着头，楚楚地望着她。她心一慌，都没敢接它的眼神。愣怔了半天，只是瞪着它糊花的脸。李强还在说。他说自从他的国画跟着魏中正的国学打包捆绑销售后，日子好过了不少。

薛珊听得有些恍惚。她走到古琴边，拨弄了一下。古琴发出的沉闷钝响吓了她一跳。无意中抬头，看见镜子里的脸，可能是走了半天路，印堂处积了一层油。她把电话放在一边，掏出吸油纸细细地擦了一遍，又对着镜子描口红。李强还在那里说着话，也没管她到底听没听。等化完妆，她接了句，是吗，那还不错。好像中间错过的东西对现在毫无影响，两个人又继续说了一阵家常。

她是好女人的时候

一

　　聊了聊北京生活，付安东生怕大段空白无法消解尴尬，又说些高邮的人和事，或许是认为都在那里待过十几年，应该也有共同话题。手机一直在振动，罗蔓只是低头，偶尔接两句，终是觉着失礼数，讲开她如何投简历，不停面试，几年了，也没找见个如意工作。起先到处泡剧组，结果连个龙套都没混上，后来想着还是要和专业相近的方向靠一靠，广告公司干过，出版公司也待了小半年，一个月才几千，这可是大北京，哪里够活。现在她算是明白了，什么理想和梦，还是先挣钱要紧。上个月，进了家P2P网贷平台，工资还行，一个月一万五。结果前天上到十八楼，办公室门上贴着封条，让警察给端了，无法想象自己还在那楼上劲头十足地盘算过未来。付安东双手支在桌上，听得耐烦，好像他是过来人，她说的，他都懂。

楼下渐次嘈杂，人群不再靠着墙根下的阴影走，逐渐汇到中间来。不知觉间，两个人坐了将近两个小时。付安东问她想不想吃东西。她说不饿。付安东说，那今天要不先这样，六点半还有一帮弟兄说聚餐，说好了的。罗蔓这才松了口气，忙道没事。出了门，罗蔓才看清，男人差不多和她一般高。她想早些逃到人群里，付安东却若即若离地跟着，坚持把她送到地铁口。下了电梯，回头，男人还站在光亮处，她习惯性挥了挥手。

晚上十一点，男人发来微信，问她明天有没有空。明天本来计划还要出去面试，罗蔓却说和闺蜜胡萱约好了，要去健身。等到一集《西部世界》刷完，丢下Ipad，才看见信息没发送。发送过去，Ipad上广告还没播完，男人又来了，问，那后天呢？罗蔓心里窝着火，想不搭理，还是耐着性子说，后天还有那么久，怎么定得下来。付安东倒沉得住气，说，那明天我再问你。

第二天和胡萱在国贸吃饭，也是闲话，就说，昨天和个往亚非拉卖拖拉机的，在星巴克坐了两个小时。胡萱眉毛一挑，问，这回有戏？罗蔓喝了口葡萄柠檬汁，半天哼出一句话，说，个子低，言谈也畏缩，不言语了，就是咧着嘴傻笑，一点也不像三十几岁的人，不过还算体贴。胡萱说，这态度就对了。人哪有那么纯粹？罗蔓说，每回和我妈聊天，都特别烦，我说我在相亲，我妈就问人长得什么样，家里人都是干什么的。聊到后来，就更露骨，说，北京人那么多，不要死心眼，一个一个地找，你同时相几个，也能节省时间。我倒不是说我妈说得不对，我也是这么想的，就是这话被我妈在电话里大声喊出来，还是别扭。胡萱眉开眼笑，说，要不让我家大君给你再介绍个？我跟你说，找个理工男，心眼直，好搞定。罗蔓说，难怪你跟孙导的事不怕大君知道。大君真这么死心眼？胡萱说，这事怎么能让大君知道，让他知道了岂不是我的智商不够，什么是丈夫什么是情人，我还是拎得清楚的。罗蔓说，你可是精力旺盛，我现在同时和两个男人相亲都感觉累。胡萱说，什么累？身体累？天啦，罗蔓，你不是同时和他们俩都发生关系了吧？罗蔓说，要死呀，说什么呢？

有一阵子，两个人没说话，只是各自翻自己的手机。罗蔓喝了口果汁，百无聊赖地抬起来，四周望了下，就和邻座的小姑娘对眼神。小姑娘人小鬼大，好像一直在听她俩说话，也望着她。罗蔓笑了笑。小姑娘的妈妈晃着两条白生生的大长腿过来，一副太阳镜戴在头顶。没过几分钟，一个矮胖中年男人端着碗面皮过来。一家三口吃完，又往商场走去。男人不紧不慢在后头跟着，女人又扭过头，把黑包递给男人。男人比女人低一大截，罗蔓竟也没觉出哪里不合适。胡萱在旁边补充，你看这男的，大肚子一挺，脖子上拴根粗金链子，手里就差盘俩核桃了。罗蔓说，你没觉着人挺有气场？胡萱说，娃都这么大了，还能怎么着？罗蔓感觉两个人说的不是一回事，就住了嘴。

　　第三天，罗蔓刚面完两家公司，逆着人流走在东三环。付安东打来电话，问她方不方便。罗蔓说，刚面试完。男人说，那晚上一起吃个饭吧。罗蔓说，天气预报说马上要下暴雨。男人却只是问她在哪里，好像风雨都阻挡不了他想见她的劲头。罗蔓发了个位置，显示前面不远就是团结湖公园。饭吃到一半，果真下起雨来。付安东说，还真是来得及时，再晚会儿说不定就堵路上了。仍是不咸不淡的话。结账的时候，罗蔓抢着买单，却被男人摁住了。男人一边

扫二维码，一边说，别和我争。放开手的时候，又说，你
手劲还真不小。罗蔓习惯性笑了笑，露出两颗虎牙。男人
又说，看来健身确实有效果。

出得门来，天色幽蓝。她还没来得及说回家，男人却说，
附近就是公园吧，难得这么好的天气，走一走，消消食。

大雨过后的公园一片死寂，就像溺水的人看得见水泡，
却无法发出呼喊。路面仍有汇聚的水流冲向湖面。云朵翻
涌的天空下，像是老天爷不经意泼洒的一幅水墨画，混沌，
却也耐看。只是走近，才会发现，毛毛杂杂的芦苇被上一
场雨水冲得七零八落，泡沫板，还有王老吉的瓶子，时而
闪现。污泥把葱绿的芦苇秆裹得泥泞不堪。

两个人在夜色里越走越远。男人说他平时喜欢跑步，
四处爬山，就是在办公室待着，一天不做两百个俯卧撑，
感觉浑身就不对劲。说完了还不忘跟个注解，说全是中年
人的爱好。罗蔓说，那你肯定特别爱冒险。男人说，是吗？
又问她这辈子做过最疯狂的事是什么。罗蔓想起研究生刚
毕业那年夏天，她对李查德完全不了解，就跑到麦城，结
果因为男人前妻回来，被送回了老家。这疯不疯狂？还有
跟着拼居的舍友王晓楠一时兴起，两人也不跟团，百度了
下攻略，就跑到尼泊尔 ABC 大环线徒步，够不够冒险？只

是这些事说出来意思也不大。她说，在太谷读研那会儿下乡支教，有一回想着骑上山地车去村里，离村还有十来里就黑了。好在有月光，能大概看清路中间标志。付安东说，你就不害怕？罗蔓说，害怕，当然害怕。前几天村里刚撞死个人，脑袋像摔烂的西瓜，害得我半个月都没敢跑步。也是被逼急了，脑子里就想着鬼神，还没顾上害怕会不会遇到活人。付安东说，你胆子可以。黑暗中起伏的话伴着虫鸣，她还是听出了男人的兴奋。你还挺喜欢做公益啊。她这才知道，面前这个其貌不扬的男人，竟是留守儿童守护者发起人，得过政府表彰的。先前看他，只觉癫眉塌眼，没个正形，这回再看，好像言谈举止，还算大方。

走了一段路，雨又下起来，不知道另一个出口有多远，索性又原路往回返。雨更大了，见旁边有一处凉亭，就走了进去。公园里灯光昏黄。罗蔓说，你今天做了多少俯卧撑？付安东也没答话，直接做了起来。雨越下越大，付安东像个弹簧一样不停起伏。罗蔓先还假装纠正下他不太标准的动作，到后来就只是喊，行啦行啦，别把肌肉拉伤了。付安东气喘吁吁地起来，说，做到一定程度，你说什么都听不见了，整个人都飘着，腰上也像是涌动着暖流。罗蔓说，说得你好像在练什么奇门功夫。付安东突然站到她旁边，说，比一下，看看你到底比我高多少。

　　接下来的事情完全超出了她的预料。男人趁机抱住了她。她捉住男人的双手。男人先还老实，只是抱着。有那么一段时间，两个人都看着被风吹倒的芦苇，感觉真像是热恋中的男女。不知什么时候男人怎么就亲开了她。她像个傻子似的，竟然一点也没害怕，只是在黑暗中喘着粗气，瞪着他，好像要见识下这个男人还能做出什么更没有下限的动作来。付安东却只是在她的嘴里进进出出，那么蛮横，那么执着，好像她的嘴里真是有意思得不行。也不知道男人是累了，还是见她毫无反应开始担心，又给她系上了衣服。罗蔓看着湖面，又看了眼自己和他，不知怎么就来了一句，感觉真像是浮世绘。付安东没应答。整理好衣服，两个人才从桥下的阴影里走出来。

　　回到天通苑已是凌晨。其余同屋都没有动静，独王晓楠虚掩着门，漏出台灯昏黄的光。见罗蔓进屋，还问她去了哪里。罗蔓说是见了个朋友。王晓楠说，什么朋友把你留到大半夜，就不考虑你的安全？罗蔓笑了一下。手机响了，是付安东还在微信里和她道晚安。还没想好怎么回复，另一个相亲对象发来微信，问她最近过得怎么样。罗蔓没想好怎么回应，索性删掉了。她不知道该如何回答付安东，只是说，你可真够疯狂的，你怎么就敢？付安东说，我看你也没拒绝啊。罗蔓说，我们才见第二面，你怎么就敢？付安东说，我是个急性子。我怕再也见不到你。罗蔓说，真是疯了。付安东连忙说了几个对不起。罗蔓看不出他的话里有多少诚意，冲了个澡就躺下了。

二

好几天都没联系，或者说付安东早上晚上都问安了，她只是没回复。找工作就够烦躁，哪里有心思和男人周旋？有工作的时候，每天不过是按部就班。又想着年龄大了，婚姻大事不能再马虎，不再上什么豆瓣同城，却给一家婚恋公司交了会费。公司果真也介绍了两个男人。先后见了面，两个男人要么不说多话，要么就是劈头盖脸议论一通她的工作，搞得她像个骗子。谁知道工作说没就没了。罗蔓这才慌起来。也是那段时间，家人托着亲戚给了她付安东的信息。

这天胡萱又约她逛街。几场面试下来，罗蔓也浮躁，说，逛什么街，先陪我吃饱饭。胡萱问她在哪里，罗蔓说在常营。胡萱说，那里有家永昌老馆子，西北菜味道还不错。罗蔓说，那我等着。见胡萱穿着长裙子，抹着大红口红，踩着高跟鞋一步三摇进来，罗蔓笑着说，心情这来好，是不是刚见完孙导？胡萱却笑，说，你一南方人，怎么说话也冒开了我们麦城腔？不会最近又和你家老李勾挂上了吧。罗蔓说，别以为人人都和你一样，到处占着，也不怕被噎到。说笑几句，两人拐进小巷里。点了个羊肉焖卷子、胡萝卜油饼，还有羊肉丸子冬瓜汤。吃到后来，罗蔓打了嗝。胡萱说，还行吧？罗蔓摸了摸肚子，说，照这么吃下去，怕是真找不到男人了。

胡萱说是要给大君买两件衣服。两个人又去燕莎，进了PORTS店。胡萱把件米色风衣比在胸前问，那个机械男呢？没再约你？罗蔓说，快别提。你知道见面才第二回，他干了啥吗？胡萱放下裙子，说，不会吧，你们那个了？罗蔓说，我们在公园呢。胡萱说，天啦，你们野合了？没看出来啊你。罗蔓说，怎么可能？他就是抱住了我。胡萱说，然后呢？罗蔓说，然后个屁。胡萱说，你们这速度，可以么。有激情。罗蔓就有些急，说，我对他根本不了解。哪有这样的，我一直在想，他是不是性骚扰。胡萱说，意思你很讨厌他？罗蔓说，讨厌谈不上，就是有些吓人。你知道家里都帮着打听了，说他条件也行，是个不错的结婚对象。她其实想说付安东这个人还在坚持做公益，是她敬佩的那种人，好多她没坚持的东西在他身上能找见。可说这些又没什么意思。一个好人怎么能随便搂住她就亲呢？仅仅因为他是好人？她都不敢细想这一切，生怕想得多了，付安东所代表的那一切都会幻灭。胡萱说，那你还想怎样？罗蔓说，我也不想怎样，我一想这事头就炸了，工作就够糟心了，又碰到这么些烂桃花。胡萱说，人家机械男可能也没你想的那么有心眼，你想家里安排的相亲对象，谁没事敢那么干？说不定人真是喜欢上你了。罗蔓说，还不依不饶地天天早晚都问候，好像他已经进入了角色似的。胡萱听到这里却叹一口气，说，一个男人还有耐心固定时间想着你，问候你，不错啦。罗蔓没说话。拐到楼上，要了杯果汁，见时间不晚，两个人又看了场《我不是药神》。回到家已是十一点半，付安东照例发来睡前问候，罗蔓于心不忍，回了个表情。付安东问，明天有没有时间？罗蔓说，到时候看。

　　想着之前几次相亲，都是见一面再无来往，这回她想再往下处处看，兴许男人有些优点，一回两回也看不全。他让她挑个方便的地方，这回罗蔓倒没客气，直接选在了租住的天通苑。见了面，付安东表情就有些不自然，话里话外，都在盘问，这两天她到底干什么去了。见罗蔓只是笑，付安东也没脾气，说，其实我都知道。罗蔓说，不是你想的那样。付安东说，你说吧，我心理素质没你想象的那样容易崩溃。罗蔓说，你真想知道？付安东说，难道还有什么不能说的？我这把年纪了，还怕什么。罗蔓想起先前胡萱告给的话，男人都容易犯贱，吊他两天胃口，眼里冒了绿光，就不会用脑子思考了。罗蔓没说话。胡萱又说，几天不联系，他要再问，你就直接告他相亲去了。若是男人没吓跑，还对你有兴趣，可能嫉妒心起来，更是非要把你追到手不可。罗蔓脑子里想着胡萱的话，嘴里就对付安东说，你都那么想了，我再辩解又有什么用？付安东说，是去相亲了吧？罗蔓看了他一眼，说，不是，是前男友。付安东好像有些急，说，最怕的就是前男友。见胡蔓不说话，又涎着脸问，前男友就有那么好？见罗蔓不说话，又问了句，他是干什么的？罗蔓喝了口苦荞茶，说，口腔科大夫，在小区盘了个店自己干。付安东说，那还不错。也不知道是认为她见的是前男友，而不是别的男人，他稍微能接受。

吃了饭，两个人又在小区走了半天。男人不光给她挎上了包，到后来还牵了她的手。罗蔓笑了下，说不好吧？

男人却蛮横得很。罗蔓也就没挣扎，偶尔还让他挺起胸膛，说俯卧撑做得多了，光锻炼那几块肌肉，容易窝胸。说到俯卧撑，付安东手里在她掌心做着小动作，嘴里却说，那天晚上要不是她要看他做俯卧撑，可能他也没胆量亲她。这是哪跟哪。罗蔓说，可真是会跟自己找理由。付安东说，主要是天时地利人和。罗蔓说，谁跟你人和了？不要为自己的无底线找理由。搞得我好像特别随便。说完这句话，罗蔓又觉着这些事后的愤怒实在多余。

　　走累了，两个人到小区花园里坐了坐。说是坐，其实是男人一直在问。罗蔓说，你就不要审问我了。知道那么多，又有什么意思？付安东说，真是太惨了，早知道你还和前男友有瓜葛，我就不见竿子往上爬了。哪里来的什么前男友呢？不过，看见付安东的醋劲如此之大，罗蔓不免有了逗他的兴致，说，也有大半年没见了。之前也没明确说分手，昨天非要见一见，我想着这事总得有个了结。见付安东不再言语，她又说，你知道吗？他平时特别不爱说话，见我头一句话就是，怎么这都大半年了，你还没把自己嫁出去？真他娘的，好像老娘这辈子就套在他手里了。罗蔓越说越顺溜，不免把李查德当年前妻到来撵她出门这一截也编到里头，挑挑拣拣说了出来。罗蔓说一句，付安东哎呀一声，好像真没想到天底下还有这样的人。编到后来，罗蔓感觉过了，又往回收，说，他也不容易的，一个人在外地打拼，还在京郊买了房，说是坐地铁要倒几趟，将近两个小时，不过也总算是有了房子。付安东说，知道他为什么过了半年又来找你吗？就是找了半天没下合适的，才想着回来再撩拨下你。罗蔓说，是不是。据我了解，他不是那样的人。他母亲身体不太好，前不久刚回麻城待了几个月。付安东见罗蔓还要为前男友辩解，有一阵没吭声。罗蔓还以为他生气了，用胳膊杵了付安东一下，说，我就是想了断一下。付安东这才像回过神，说，我前女友也是这样，时不时还要来纠缠，说我把她精神弄出了问题。真不知道上辈子做了什么孽，犯在她手上。罗蔓听他说得可怜，不免又多了些不清不楚的同情。

不觉间，小区里安静下来，空调水声时时打落地面。偶尔有汽车路过，射进来几处光亮。付安东一直抱着罗蔓亲。也不亲别的地方，就绕着她的脖子一圈又一圈。罗蔓只是后仰着，时不时地还笑。付安东说，你就不怕我这一口下去，把你脖子咬断？罗蔓说，你又不是吸血鬼。付安东却对着她的脖子左看右看，说，真是没成就感。亲了半天，居然也没印。罗蔓这才意识到男人的心计，挣着想站起来，掏出手机照一照，嘴里还抱怨，说，你真是自私，明天让我怎么上班？付安东却嘿嘿笑，说，上班怕什么，谁还不过过夫妻生活。罗蔓说，谁跟你夫妻了。付安东说，这下好了，这几天你没法儿见前男友了。他说他正在组织人宣传公益，要徒步五百公里。一走半个月，万一他不在，又让前男友抢了先，岂不是前功尽弃？罗蔓说，这样让我明天怎么见人？付安东说，见什么见？我养你。罗蔓喊了一下。

后来发生的事情只能罗蔓也就能记个大概。在她毫无准备的情况下，男人褪去了她的底裤。她当时坐在他身上，担心的是挣扎太猛摔在地上。想大声喊，又怕周围过来人看见。还在矛盾着呢，男人却分开了她的双腿。

阴影中，一只黑猫扭过身来惊恐地瞪着他们。花园里几只老鼠迅速蹿进草丛。罗蔓最怕老鼠，不免把男人的脖子揪得更紧了些，男人却像是得了鼓励，更是拼命。罗蔓另一只手在空中乱晃，生怕男人一个闪失把她摔下来，也好随时有个支撑。

三

等到男人不再动作，罗蔓才一点点整理狼狈的自己。见男人一脸得意，罗蔓说，这下好了，你把我收拾了，你不亏了。付安东说，这又是哪门子话。真是要人命，你不知道我心脏病都快犯了。又要操心你的前男友，又担心人看见，又想着我们这么偷偷摸摸实在不成体统。罗蔓说，少来这一套。付安东像是突然想起来什么，说，前两天公司组织体检，做了个肺部 CT，说是三个月之内不能要孩子。今天去我那里吧，我那附近有 24 小时药房。

罗蔓上楼，王晓楠房间灯依旧亮着。收拾了几件衣服和洗漱用品，临出门，罗蔓又折到王晓楠门口，说，晓楠姐，我去朋友家啊。王晓楠哦了一声，又扭过身去继续看手机。下了楼，罗蔓还说，我舍友生气了，和她说话，也不搭理我。付安东说，你和她迟早都是个散，我们早晚都得住在一起。罗蔓说，我闺蜜都拍了结婚照，还是规规矩矩回自己家呢，我成了啥了。付安东说，省点房租不更好？非得讲究那么多虚的。罗蔓见说不过男人，没再多话。

中间应该还发生过一些事，只是印象也不深。就记得回过一趟高邮，两家大人坐一起吃了饭。婚礼细节，她也没操过心。和婚前不同的是，公公婆婆开始频繁出现在她和他的生活中。男人本来话少，有限的几句话里，说得最多的也是买房。

没几天，付守正王梅香两口子就来了。

这天，一大家子人到"我爱我家"去签合同。罗蔓看着他们一家人说笑不停，还有些恍惚。她没想到事情会变成这样。上个月还在天通苑和七八个人睡上下铺，现在就要住进自己的房子。说起来谁信？她不相信自己竟然也有这样的运气。手机这时响起来。竟然是李查德。不接也不是，接了又怕付安东盘问。她看了看还在和销售经理问询的付安东，又看了看正戴着老花镜看合同的王梅香，特别的冷静：

"什么事？我去不了。我在忙结婚的事情。"

挂了电话，罗蔓心还狂跳。未来的婆婆离她不到一米。王梅香抬头找她的眼神，罗蔓故作镇定，说，工资待遇不说，就问一个月得出好多趟差。王梅香说，房子都有了，先生孩子，工作的事放一放。到时候，我们自己做饭，一个月也花不了多少钱。罗蔓愣了一下，这才意识到公公婆婆要和他们住到一起。

将近三百万的房子，也就七十来平方米。付安东站在窗前，说，想想吧，这里可是东三环。罗蔓还问，东三环怎么啦？付安东说，别说是在三环，就是五环外的房子也未必比这里便宜。罗蔓说，怎么这地方就不值钱？付安东说，问题就是没学区，房子又老。见罗蔓没吭声，付安东又说，但照这架势，说不定明年就会翻番。到时候把这房子一买，咱们去西湖边再买个房。

　　两个人正说着，付守正王梅香两口子抬着桶乳胶漆上来，手里还拿着滚筒。付安东忙去接。两个星期下来，门窗柜子仍是土黄，不过墙面重新漆过，感觉还是不一样了。罗蔓每天看些原木家具，想着结一回婚，至少床得换新的。付安东说，花那个钱干什么，过两年说不定就卖了，能不添置东西就别添了，省得到时候麻烦。

　　在弘善家园住了快两星期，罗蔓才想着回天通苑取剩下的东西。路上，罗蔓还和付安东说，在这住了三四年，先是地下室，后又换到高层，舍友一个个都结了婚，独把我剩下。付安东说，是你一直在挑嘛，和我刚认识那阵子，不是还和前男友藕断丝连？见付安东念念不忘这个前男友，罗蔓想着是不是刺激得有点过，便说，也不是你想的那样。付安东说，我也没怎么想。反正你自己夹好尾巴，要是被我发现你搞什么小动作，有你好看。罗蔓听得背心一凉，先前只觉着他厉害，现在又多了些恐惧。

进了门，两人也没说话。寻常三室两厅，客厅、阳台又打了两个隔断。罗蔓住的阳台，又隔出一块地方，挂满各色内衣裤子。付安东嗷了一声，好像这也新奇得不行。天气燠热，罗蔓整理半天衣物，出一身汗，索性脱得只剩一个背心，又拣了条运动短裤套上。付安东拿起一本《中国新工人：文化与命运》，见里面还有红笔勾勾画画，写有点评，瘫在床上读起来。罗蔓说，那是晓楠姐的书，别给弄坏了。边说边扎起头发，直喊热得受不了，得去冲个凉。嘴里还唱着"在那山的海边海的那边有一群蓝精灵，它们活泼又聪明，它们调皮又伶俐"。

没多久，却听见罗蔓在外面啊了一声。付安东从床上弹起来，开门一看，女人双手抱胸，客厅中间站着个男人，上身白衬衫，下身西裤，戴着黑框眼镜。罗蔓贴着墙，问，你是？眼镜男说，我是王晓楠的爱人。说完，好像眼光没处安放，快步走向防盗门。听见铁门撞上，罗蔓这才像从惊吓中反应过来，摇散头发，啊啊啊直喊丢死人了。

付安东却说，幸好我跟着一起来了。他上上下下扫了一眼罗蔓，好像女人处在危险中，全靠了他，才得以保全。

罗蔓说，这人我听晓楠姐说起过。三十好几，一个人带俩孩子。男人说是工作忙，应酬多，在外面的时间比在家还长。女人本来在家闷着，容易分心，眼看男人有时还夜不归宿，怎么可能不多想？男人也确实是忙，好多捕风捉影的事，不过是晓楠姐的想象。男人想着自己什么都没干，还挨一肚子牢骚，索性把事情做实。再说外面的小姑娘还对他好，言语也温柔。他完全是破罐子破摔了。晓楠姐本是吵闹一番，给男人点警告，哪里知道男人心肠这么硬。两个人僵到后来，那就离吧。离了婚，婆家人还是认可晓楠姐。据说这男的后来又处下了女朋友，婆婆还专门杀过来和小姑娘谈了回心，说你人又漂亮还聪明，到底看上我家儿子啥了，还说存款房子都给了他前妻。好家伙，这还没结婚呢，婆婆都是这态度，要结了婚，得惨成啥？就这么把男人身边的女人全吓走了。等到俩孩子上开幼儿园，晓楠姐想着自己好赖也是正经大学毕业，怎么甘心受人背后指指点点，索性跑到北京来，过过自己从前没敢想的生活。但我没想到这男的怎么也跟到北京来了。不对呀？罗蔓自言自语说上一大篇话，好像还是有些细节死活没推论明白。

付安东说，都是麻木虫子，折腾半天，到了一定年龄，最后还是嫌累，又是成年男女，凑合着往下过呗，你以为演电视剧啊，都那么道貌岸然，按着道德原则和完美想象往下编。罗蔓说，有时候听见晓楠姐打电话，训那男的跟训三孙子似的，今天一看，他看上去也还不赖啊。付安东说，你都已婚妇女了，能不能有点廉耻心？就穿着内衣内裤裸在人跟前，不知道脸红，还做上春梦了。罗蔓也不争辩，继续说，晓楠姐其实人也不赖，自从她住进来，这屋子整洁得，都不好意思随便散乱放东西。你说说，看起来，两个人都挺好，怎么就把日子过成这样？离了婚，还这样。罗蔓叹了口气。付安东说，你和前男友都能那样，别人离婚了为什么就不能？罗蔓见付安东语气里尽是嫌弃，好像她过去引以为自豪的朋友和榜样在男人眼里如此不堪一提，不免有些窝火。说得再多，也是鸡同鸭讲，索性住了嘴，只是闷头收拾。倒是付安东见罗蔓突然不说话，还觉着奇怪，又东问西问半天王晓楠的事情，罗蔓发慈姑愣，半天嗯出一句，人都差不多吧，再不言语。

好多从前攒下的零碎，当时喜欢得不行，这回收拾半天，提了一箱子，到了楼下，罗蔓却径直扔到了垃圾桶里。付安东见女人脸色不对，才意识到可能哪句言语冒犯了她，便说对不起。罗蔓说，跟你没关系。付安东忙说，以后不提

她是好女人的时候 **145**

了。罗蔓说，我就是想着，你家本来就不大，又要塞这么些可能下半辈子都用不上的东西，还不如索性扔了。付安东说，什么叫你家，难道不也是你家？罗蔓说，房产证上都没我名字，谁知道是谁家。付安东听了，原来症结还是在这里，忙赔着笑，说，下一套，下一套房子先写你的名字。

　　小区里几个老人摇着扇子，面无表情地看着他俩。因为没拿东西，付安东坚持要去小花园，说想再看一眼两人当时定情的战场。那晚就着月色，花园里影影绰绰，好像别有一番韵致。这回细看，墙根边，尽是皱皮的梧桐树下，扔着矿泉水瓶，还有来路不明的卫生纸。一只黑色的猫仍扭身蹲在那里，一副想逃跑却又忍不住好奇的样子。付安东说，可怜的猫，谁这么狠心，当初既然想养，干吗最后又抛弃。罗蔓懒懒的，也不说话。付安东说，不会是怀上了吧？怀上了，就把工作辞了，我养你。罗蔓皱着眉头，说，搞了半天，我跑到北京来，就是为了等着被你包养？付安东说，什么话。罗蔓也觉着自己不像是有出息的人，自个儿还没整明白，想起一出是一出，却又时刻审判着别人。她就在心里把这些念头揉搓来去，更感觉没什么意思。付安东兴致却像是高得很，仍是松松垮垮地往前走，也不知道是天生活泼，还是从来就没个正形。

没领结婚证前，两个人认真谈过一回话。付安东问她将来的打算，当时想法也模糊，罗蔓嘻嘻哈哈，说，挣钱，shopping（购物），旅游，撩汉。付安东说，说半天，还是因为没钱。罗蔓问，你呢？付安东说钱能挣下多少，也说不来，他一朋友在游戏公司，当初也没多少钱，公司就给大家分了些股份，后来经过几轮融资，他也成了千万富豪。他说楼上办公室最早王石还在那儿办过公。怕什么呢？谁还没有年轻过？付安东这么说的时候，好像他一点都不担心钱的事。他心心念念，想的还是做点公益。钱给不了人成就感的。见男人说得严肃，罗蔓也收敛起玩笑。再后来，也不知道是自己一厢情愿的想象给男人添了些光环，还是确实被他打动了，她再没觉着他比她还矮有什么违和不协调，更没想着他的价值观会不会不对。一个热心公益的好人，能差到哪里去？被他强行摁住之后，她一直都在这么安慰自己。她以为自己早就逃离了过往，今天回了趟天通苑，发现自己仍是个不通世故的乡下姑娘，眼皮子浅，慌里慌张，还有那么些愚蠢。

四

起先罗蔓还推荐婆婆到三源里菜市场，东西全，菜也新鲜，说不定还能遇见明星。但王梅香去了一回，就买了两条毛刀鱼。再提起，还说，咱家又不是多么有钱，有那个路费都够菜钱了。罗蔓知道老人和她想的不一样，也就没再多嘴。王梅香付守正两口子，很快就把十八里店、南磨坊一带，谁家东西实惠，哪里能买到新鲜的菜，摸清楚了。这么多年，罗蔓从没做过饭，偶尔看见王梅香在厨房忙活，也想着帮帮忙，却被推了出来。好像这些日常琐碎根本用不着她操心，她的心思应该放在养身体怀孩子上。

过了小半年没有动静，王梅香沉不住气了，问罗蔓，你们怎么回事。一句话把罗蔓问懵了，心里没底气，说话也怯，说，小付太忙了。儿子忙不忙，王梅香当然知道。等到付安东回来，付守正还专门问了问儿子的工作。问完工作，付守正说，你都三十了，再过两年罗蔓也三十，孩子还没养大，你们就五六十岁了。付安东说，我知道。付守正说，知道还不抓紧。付安东说，这又不是考试，再抓紧不也有个过程？见父子俩声音高起来，王梅香连忙端出一盘西瓜。付安东说，你们要是真闲，可以到楼下跟人打打牌聊聊天。王梅香说，人家都在那看孙子，跟他们有什么好聊的。

付安东吃了口西瓜，进到卧室，见罗蔓抱着本书看，直接扑了上来。罗蔓说，神经了，这才几点。付安东做了个假动作，又往床上一瘫，说，这不你也听见了，要再怀不上，只怕你的日子也不好过了。罗蔓没搭理。付安东又说，当年我妈还没嫁过来之前，女方要到男方家看一看。我妈到了我奶家，什么地方也没看清，就是一夜没敢睡踏实。熬到第二天早上，睡得死沉，我奶进房取了回东西，不知道我爸什么时候也蹿进来了。就是那天早上怀了我。我妈想着既然都这样了，那就嫁吧。我妈可能是怀疑我怎么就没有遗传一点我爸的基因。罗蔓听了，双眼瞪着，好像这话就怎么好意思说得出口。付安东说，老辈人就知道个生孩子。好像孩子就能完成他们的希望。

罗蔓合上林奕含的《房思琪的初恋乐园》，说，你这天天都是和各种机械打交道，成天飞来飞去，会不会有辐射，要不咱们去做个体检？付安东却不接茬，只是说，不行再干上两年，挣笔安家费，我就换工作。说到工作，罗蔓又说，我要这么天天耗在家里，被你爸妈看守着，不找个工作，迟早会疯掉。付安东说，没人不让你找工作啊。

这不是担心，怕万一怀上了，又成天东奔西跑，不利于保胎嘛。罗蔓说，人家胡萱在大君和孙导之间穿插来去，二胎不都怀上了？付安东偏过身来，认真看了眼女人，说，你可不要跟胡萱学，她就是当代潘金莲，迟早会出人命的。罗蔓说，我倒是想学了，也得先有那个姿色啊。付安东说，现在的女人也不知道怎么啦，一个个都成了狼成了老虎了。罗蔓说，那你还不害怕？付安东说，别和我磨嘴皮子。你要真想去工作，就找吧，有个事情做也好。罗蔓还说些别的，付安东却说，有空了帮我收拾下东西，明天得到日本出趟差。

早上迷迷糊糊中，听见厨房在打豆浆。洗漱完，吃了两口东西，罗蔓简单化了下妆，拿上包就要出门。王梅香在厨房里喊，问中午回不回来吃饭。罗蔓说，面试呢，怕是赶不上，不用专门留饭了。

面试的地方离家并不远，结束了，罗蔓却也愿意晃到稍微晚一点。正在街上四顾茫然呢，胡萱打来电话，问，大半年也不联系，不会是着急生孩子去了哇？罗蔓说，可不是，他妈天天给炖王八汤，补出一身火。胡萱嘴里一口水差点喷出来，说，那小付岂不是死定了？罗蔓说，小付对这个兴趣不大，中了他妈的魔了，母子俩天天就是看中国地图，琢磨去哪再看套房呢。胡萱说，不对啊，当年你们在天通苑，星空下，激情得很嘛。罗蔓说，我看走眼了。当时以为他说犯心脏病是夸张，是修辞，现在看来，就他那小身板，可能真是实话。胡萱跟着笑，说，千万不要以为现在的这个男人就是这辈子最后一个男人了。罗蔓说，我不是你，过不去那道坎，除了小付，以前就有个老李，我根本不知道别的男人是什么样子。胡萱说，那你再试试啊。罗蔓说，试个屁。你知道和小付还没结婚时，我妈怎么和我说话吗？我妈说，总有配得上你的男人，不敢随随便便乱找一个瞎凑合。到后来，见我实在没动静，我妈又劝我，你是成年人了，寻求快乐天经地义，就是多注意，小心染上病。你说说我妈到底是怎么想的。胡萱说，你妈还挺现代的。罗蔓说，现代吗？我跟小付说，小付听了一直怀疑我鬼谎三秋，不正经，说我是家教出了问题。胡萱说，要真信了小付的话，那你就是真傻。两个人电话里说完，又约好一起去美容院按背。按了背，姑娘又给推荐，说罗蔓的胸口有个结节，最好做个胸，将来生孩子没奶了再做怕就来不及。罗蔓一问价钱，套餐下来，将近三千，就说下回让老公交钱来。

　　进门的时候，一股鸭肉味窜进鼻孔。王梅香在厨房里炖三套鸭，叫罗蔓尝尝，问这回做得正宗不正宗。喝了汤，又放下手机往卧室走，付守正拿着个笛子在阳台上断断续续地吹。罗蔓听了会儿。王梅香打开电视，男男女女的声音吵起来，罗蔓放下才看了二十来页的《房思琪的初恋乐园》，出来跟着看。剧情也不复杂，大概就是好女人遇上负心汉。罗蔓看得别扭，王梅香又换台，现在的电视剧是怎么了？全是这些。说完又感慨了句，有时候喜欢起人来也真是没办法。感慨完好像还不过瘾，又哼道，栀子花开六瓣头，三瓣正来三瓣歪，要正你就正到底，要歪你就歪过来，何必正正又歪歪。罗蔓听见有趣，问唱的是什么。王梅香说，江南小调啊，从小老辈人就这么哼的。罗蔓上网搜了下，听了半晚上。

　　付安东回来了，带了个马桶盖，说是智能的，大便都不用卫生纸，直接冲洗。王梅香又絮叨，嫌他尽乱花钱。罗蔓见他们母子你一句我两句，说个没完，远远看了一眼，又摇头晃脑听她的歌去了。付安东见她玩得开心，抢过耳机也听了一阵子，听完，又枯着眉头问，你不是有什么状况吧？罗蔓说，神经，这是你妈妈刚刚教给我的。付安东说，什么年代了，还听这。罗蔓也不解释，几遍下来，能哼了，又把自己哼的歌弄成配音秀，转在朋友圈里，还写了几句话，只是写完又觉着乔张做致，便设置成私密，没对任何人开放。

微信响了，是之前合租的王晓楠。问她工作找得怎么样了，要是没合适的，先去皮村干志愿者，工资不高，好赖有件正经事情做。付安东探起头来，问是谁。两个人感慨了一阵离婚男女的世界，罗蔓又说，要是我男人背着我在外面胡搞，肯定不会再和他纠缠下去。付安东说，你直接警告我就得了，说得好像你还有别的男人似的。罗蔓说，你在外面胡来我倒不担心，就你这。她上下瞅了眼男人的身体，后半截话没吐出来。付安东说，其实男女这点事也没什么意思。成天价谈论这些，好像这就是人生唯一的乐趣。罗蔓喊了一声，说，讲得好像你真脱离了低级趣味。付安东却开始讲起课来，说人一辈子能活多少天，还是得做些有意义的事，成天就是八卦和花边，也忒无趣了些。

见付安东又开始上大课，罗蔓去了趟厕所，磨蹭半天，又喝了杯水。婆婆仍在刷手机，头也没抬，只是在那感慨，说，五百万，普通人干一辈子，买个鸟不屙屎郊区烂房子，还不如租个舒适点地铁房，再买个老破小学区房租出去。罗蔓看了眼泛黄的桌椅门框，没再多话。进了房间，还和付安东嘀咕，说，你妈成天研究房地产，不会走火入魔吧。

付安东说，老太太有点事干不挺好？你让她成天盯着你的肚子就安生了？罗蔓捣了付安东一拳，扭过身闭上了眼。

有一件事，罗蔓没和付安东说。王晓楠离婚，起因并不单是男人外面有了人。生了二胎，休完产假，王晓楠开始上班。工作的地方是个文化单位。王晓楠又好强，平日没人愿意参加的会，都会按时去。去了她做笔记，还会拍照片，谁来了，谁没签到，她都记在本子上。人人都在糊弄，对付着往下过，但王晓楠却不这么想，她把单位也当成了家，见不得人腻腻歪歪，既抱怨这些形式主义，还赖着不走。同事间的闲话，她也记得，领导的牢骚，更是录得清楚。也不是她有心，就是个习惯，连孩子平日里学会说那几句话，她都兴奋，好像真是完成了什么大课题。慢慢地，单位人也都认为她有能力。还这么任劳任怨。连她自己也有种幻觉，好像她都这么出色了，下一步，同龄的几个人提拔，怎么着也得先紧她。不料组织上来考察，竟然是另外两个人。晓楠姐不依不饶了，直接跑到领导办公室，说这两人一个是会计，一个就会扭腰跳跳舞，咱这单位又不是会计协会，又不是广场，提拔上这么些人，成了甚了？你们如果非要提，我就到纪检委告去。她甚至不知道从哪里打听到谁谁谁改了年龄，谁谁谁学历也有问题。

怕这么说不管用，她又编了长长的短信，挨个给人发，说，要是一点都不争取民主意见，我就散到网上去。这么一通闹下来，别人见了她别扭，王晓楠却是毫无心理障碍。到了单位，该和谁说话还怎么说，好像她什么也没做错。结果，她，还有她举报的两人，都没提拔，另一个谁也不看好的人，却得到了重用。王晓楠那叫一个生气，又开始天天抱怨丈夫没用。说别人家的丈夫如何如何两口子一条心，而她的男人呢，竟然动不动就带她去看心理医生。婚是她闹着要离的。王晓楠想的是既然小地方不讲规矩，没有是非曲直，那就去大城市吧。等到在北京漂了一段时间，王晓楠也有些后悔，好几回说起前夫，也没那么深恶痛绝。偶尔控制不住情绪，在电话里那么训斥，男人竟也没撂下电话，还是安安静静听她发泄。

罗蔓听着这些的时候，不知怎么会想起李查德。当时她在高邮，成天想的就是考试，进编制，稳定下来，再找个合适的人结婚，李查德却像是看透了她是个不安分的人，一直鼓动她去北京。鼓动的理由却也奇葩，说，那样的话，北京离麦城不也很近？到时候我去看你，几个小时就到了。起初也是贪恋那份旧情，最后决绝地跑到北京来，还是因为恐惧。小地方的生活，一眼就望到了尽头。她不甘心。

脑子里转了半天，各种念头此起彼伏。索性打开电脑。付安东睁眼一看，见罗蔓还在电脑跟前，便问几点了。罗蔓说，失眠了，做个简历。付安东探起身来，让她看他的简历，说这么多年他自学英语，又考了经济管理的研究生。虽然还是个往第三世界卖机械的，也成了这一行业的资深。罗蔓听得惭愧，好像这才意识到，她的所有困境完全是因为这么多年不够努力的结果。她说，你先睡吧，我再逛会儿投投简历。

付安东倒下没多久就打开了呼噜。罗蔓听着老旧空调发出的声响，死活没了睡意。索性走到阳台上站了会儿。鱼鳞云铺在深蓝色的底子上。对面楼上那对男女还在炒菜。一只白猫双爪搭在墙角，仍是那么惊魂未定地和她对视。

五

正看着手机做瑜伽，电话响起来。是罗蔓。接通了，却也不说话，只是抽抽噎噎。胡萱忙问怎么啦。罗蔓半天才憋出一句话，胡萱，我要死了。这是什么话。问明所在位置，胡萱蹬上凉拖，拿起车钥匙，就往协和医院走。下了车，正要打电话，却见罗蔓失魂落魄地一屁股坐在马路牙子上。

"你刚刚站在那儿的样子，就像是迷路了。"

胡萱不说还好，一说罗蔓的眼泪又没止住。等痛快哭完，罗蔓这才前言不搭后语，一五一十，细细数说了一大篇。前两天小便不利索，一上厕所就痛，还想着是上火。就在社区门诊买了牛黄解毒丸，结果吃了仍是没效果。百度了半天症状，都说是染上了性病。活了二十大几，竟得上这病？她不信。跑到协和做了个检查，医生面无表情地告诉她，说，淋病，先输液，再吃药。罗蔓紫胀着面皮听着，也不敢多问。

胡萱听明前因后果，问，不会是交叉感染吧？除了小付，你没和别的人上过床？罗蔓一听，又哭了，边哭边说，真是丢死人了，我还不如多和几个男人上过床。一句话说得胡萱想笑，又没好意思笑出来，只是说，这事儿先别声张，找个机会把付安东带到医院来做个检查。说完又笑，说，敞亮点，我还以为怎么啦，多大点事儿啊，一惊一乍的。

两个人逛了半天王府井，罗蔓还是蔫蔫的。罗蔓说，要是小付也查出来了，可怎么办。能怎么办？狠狠收拾他啊，一个男人，结了婚，还乌七八糟胡搞。罗蔓想说什么又闭了嘴。胡萱说，小付是不是有情况？罗蔓说，我根本就不关心他做什么。先前觉着他热心公益，是个好人，这些天又天天趴在网上写公开信，呼吁这呼吁那，在建什么全国反性骚扰联盟。我说你自己屁股都不干净呢，还成天做堂·吉诃德。你知道他怎么说？他说总得有人先站出来，要不然我们每个人都成了同谋。胡萱说，男人都是个这。我家大君，倒没想着做什么公益，也要时不时地给西部山区孩子捐点东西，平日里我想扔的衣物，他都不厌其烦地送到邮局，说是总有人用得上。还跟我讲什么拼多多，不是每一个人都有我这么好的运气，让我不要沉迷于中产阶级生活的幻象，听得人泼烦。罗蔓和大君也一起吃过饭，相貌周正，不比胡萱后来找的几个男朋友差，话虽不多，开了腔却是从容又有条理，听他讲话，只觉人间烟火躁气全无。罗蔓没少在付安东跟前说大君的好，直感慨胡萱跟前守着个宝贝疙瘩看不见，还成日价浪荡，生怕没了风波，日子无起色。

胡萱说了一阵子话，罗蔓仍是不多言语。胡萱说，你就是身体太差了，也学我，天天锻炼，保证不会染上这些毛病。罗蔓说，认识付安东之前，我跑步，走路，生活规律得很，现在呢，觉着做什么都没劲。胡萱说，你纯粹是惯出来的。结了婚，又在北京买了房，平日饭菜都有婆婆给你端到桌上，什么心也不操，自然懒怠。罗蔓说，事情真不是你想的这样。我和我妈我爸打电话，说起在北京的不如意，我妈我爸也说我，你还想咋。我也不想咋，我就想高兴一点。可就是高兴不起来。你说我是不是抑郁了？胡萱看了罗蔓一眼，没说话，又走到小摊跟前，买了两瓶老酸奶，返身递给罗蔓一瓶。又说，不行，真找个男朋友，有时候婚姻也需要新鲜刺激。结婚容易相处难。为什么人会出轨，只是对寂寥人生的反抗。拥有过梦幻婚礼的女人，结婚后的痛苦你是不知道，真是如同凌迟，慢刀子杀人。罗蔓神经质地笑了笑，面皮仍是绷得很紧，说，我这种没有期待的人，都觉得苦闷。你当年出轨，怕也真是无聊。当年大君怎么明知你刚生完孩子，怎么就忍心跑到大西北去挂职。这下好了，硬生生给人创造机会，捡了顶绿帽子。

　　两个人一递一句，说到高兴处，胡萱又说她最近又认识了个男人，长得壮实，人也有意思。罗蔓知道胡萱北京、麦城都有几套房，和男人暧昧，也从没想过利用他们，纯粹就是想重温下爱情，男女都没有目的，相处反倒自在轻松。胡萱仍在讲述她的情史。听到后来，罗蔓好像也明白不少，便感慨，你说我又不是十七八，怎么还是这样矫情。幸好付安东不是你，他要是你这样的人，你说我还活不活。

胡萱就说，你怎么就知道付安东不是这样的人？罗蔓说，他倒是有这个心，怕也是没这个胆，成天邋里邋遢，谁会待见？胡萱说，别小看男人这种动物。

先前天上还有点淡黄阳光，这会儿却一片铅灰，风也跟着刮过来，搓棉扯絮地，突然下起雪来。还掉酸奶瓶，胡萱却弯下腰，双手掌撑在地上，停顿几分钟，才慢慢攀足直起身来。罗蔓问这是什么功夫。胡萱说，你试试？罗蔓双手伸到双膝处，就下不去了。胡萱说，这是八段锦，固肾强腰子的，保不齐还能缩屁股瘦肚子。罗蔓这才有点笑意。胡萱又说，刚生完孩子那段时间，我也做什么都没精气神，就是想睡觉。有一天就想，这样下去不对啊。成天昏昏沉沉，活着了无生趣。就开始看健身的视频，照着练，后来又觉着不过瘾，开始撸铁。真的，这容易上瘾。每天不把自己搞得浑身酸疼，总好像这天没做正经事。罗蔓说，你要浑身酸疼去找孙导不就行了吗？胡萱说，你还真信啊。孙导不过是夫妻生活间的调味品。大君也知道我跟孙导没什么插曲。罗蔓说，人话鬼话你都说了，谁知道哪句是真的。胡萱想说什么，却见电话响起来。挂了电话，胡萱要先撤，说是还得去带孩子上形体课。

罗蔓也不想回家，就漫无目的在街上游荡。风吹得尖硬了，才想着找个地方躲。隐约传来电风琴声音，还有混着唱诗班的歌声，罗蔓回头一看，却是一座天主教堂。本是想着进去坐一坐，到得里面，满满都是人，过道里也站满了。罗蔓还想选个合适位置听一听，却见人齐齐整整跪下去。她左看右看，就这么站着也突兀，双膝一软，也跟着跪了下去。一袋子药撞在地下，唏唏哗哗响，罗蔓慌忙收拾。别人闭着眼，一脸虔诚，嘴里跟着喊什么，也没听清楚。罗蔓跪着才感到背上出一身细汗，只盼着仪式快结束，好早些出去。又不是诚心信这个，混在里面，总觉着万千眼睛都盯着。

到了家，付守正王梅香两口子不在。把塑料袋里的药一瓶一瓶掏出来，却也没想着吃。晚上快九点，付安东进门开灯，见罗蔓枯坐在沙发上，也不言语，慌里慌张中又把灯关了。到底脱了鞋，光脚过来，一步就跨在她身上。罗蔓的眼泪哗地就流了出来。付安东问，怎么啦？你看我爸我妈怕影响到我们，特意半夜都不回来。说完，见罗蔓仍是冷冷的，又问，是不是在公司被欺负了？罗蔓说，你起开，让我安静待一会儿。说完，又慢慢往阳台上走。男人先是去了厨房，开了冰箱取出酸奶，又打开电视，家里还是一如既往地吵闹。罗蔓抱着胸，慢慢靠墙缩下去。

等看清茶几上的米诺环素、诺氟沙星，付安东才意识到哪里出了差错。他想起半个月前，组织了二三十号人去徒步，宣传公益活动。没想到伍诗绮也去了。几年了，她还是没多大变化。晚上喝了些酒，他又跑到伍诗绮的房间聊了聊，说是要谈些事情，结果仗着酒醉，把她压在床上。后来发生的事情他并不怎么记得，只是听人讲述，前女友一直喊救命。同行的人把门踹开，看见他还压着那个伍诗绮，而床上吐得到处都是。第二天，付安东清醒过来，到底心虚，第一时间给伍诗绮道歉，还发了个红包。伍诗绮并没有收他的红包，只是问，你把我当成啥了？见伍诗绮并没有过多责怪，他才稍稍安心，以为她到底还念着过去的情分。

活动快要结束，偶尔他会反复提起这件事，听的人都说，喝了酒还。好像喝了酒做出这样的事并不值得大惊小怪。付安东数说这些，好像只有借助他人的回忆和分析，才能帮他压制住内心的恐惧。当然，他总是表现得有那么些愧疚。好在做公益的一帮朋友也没人说他的不是，还说谁都有喝多的时候。

回家前一夜，他浑身疲惫，看见酒店按摩价格不贵，便想着放松一下，后来按摩女说再加点钱，可以做个特殊服务。按摩女说，我们这是背着老板自己做的，并不常做，你也不要声张。付安东平日在街上看见小姐一脸浓妆，都会心生嫌恶，动不动就说，这些鸡婆。这回听了介绍，见价钱合适，就由着她上下折腾。

等到酒醒，付安东后悔了。后悔倒不是他认识到自己的行为有什么不对，就是害怕染上病。结果还真的得了病。先还想着这事能瞒就瞒着，也不敢声张，只是每天偷偷吃药。可这回看见茶几上的一堆药，付安东明白，罗蔓什么都知道了。

他走到阳台，从后面搂住了她。罗蔓先还挣了一下，见没挣开，就由着他了。付安东说，对不起，老婆。他原原本本讲了酒后怎样抱住伍诗绮的事。至于发没发生关系，他不能肯定，踹门进来的人说也看见他们衣服齐整。伍诗绮是谁？付安东又把认识的过程，中间如何分手，这回搞活动，重又遇上的一节，老老实实交代了。说完这一切，付安东像是有些恼火，说，你说现在的酒店怎么这么脏？就这么住了一晚，我就怎么染上这病了？他说得那么坦然，好像在抱怨世风日下，怎么从前的女朋友也不单纯了。

不知道罗蔓有没有听出他的话外音。起先女人还耐心听着，到后来竟然忘了纠缠这些医学问题，扭过身来，只是喊，你先放开我。等付安东松手，她才坐在床上，问，你这是第几回了？付安东表现得很夸张，直喊，什么第几回？罗蔓说，第不第几回，你心里没数吗？头一回和我就是来硬的，这回打着公益的名义搞活动，又这么欺负前女友，你要说你总共就干了这么两回，你觉得我会信吗？付安东赌咒发誓，还说要不信，完全可以问他周围的朋友，都可以见证。罗蔓冷笑一声，也不接茬。付安东说，你要我怎么做就相信？罗蔓说，现在不是我信不信你的问题。我根本不关心这个，我只是特别厌恶我自己。

　　要不是付守正王梅香两口子进屋，罗蔓可能还要和付安东闹下去。王梅香端过一碗双皮奶过来，罗蔓接了顺手放下，把买的那一堆药往床头柜里推了推。王梅香说，早上起得早，楼下药房搞活动，给免费量血压，阿胶也打折，我们也买了几盒，你也吃一吃。你看你，脸色苍白，都没什么血脉。罗蔓眼圈一红，又差点落泪。

　　晚上，罗蔓自己铺了个单子，睡在了地板上。付安东让她睡床上，他睡地板，罗蔓没搭理。两个人就在地板上睡了一夜。

六

这一年，夏天还没过完，罗蔓就换了四份工作。早上还和母亲打电话，说简直快成了跳跳糖。李晓妮还说，又没人靠你挣钱，就不能好好想想能做点什么？早些年，母亲离婚，再嫁，后来又和父亲复合，从小她对母亲没少存偏见。如今她不再推究父母关系，也不再把自己当成受害者，反倒有种解脱。罗蔓说，自个儿挣的钱，花起来痛快。李晓妮就问，怎么小付平时不给你钱吗？罗蔓说，人家天天存钱，想着在北京再买套房呢。后来不知怎么说到吴自凡不着调，成天就弄他的篾条，心心念念折腾什么非物质文化遗产，连儿子结婚的事都不上心。"有空了你也说说你爸，他现在跟个木头一样，我说什么都是油盐不进。早知道就不复婚了。"见李晓妮又开始责怨父亲，罗蔓头就炸了。李晓妮却是不管不顾，说，你弟弟处了个对象，就因为要在上海买房子，买不上吹了。现在还跟我说，姐姐都在北京买了房，好像我们这些做爹娘的如何偏心。见李晓妮又开始老三篇，罗蔓说，我得出门了，完了再讲。挂了电话，罗蔓还在窗前站了会儿。她想着这些年一直谨小慎微，甚至和付安东有了那么多矛盾，也没敢说句硬气的话，是因为什么呢？转过身，看了眼梳妆台镜中的自己，蓬头垢面的，忙到卫生间描画涂抹。

正混想个没边没沿呢，却接到古法农耕社的通知，让去面试。去了，面试官却也没问她有无工作经验，只是端过一盘小米，让她给写个销售文案。先前就知道公司在做有机农业。她自小在城乡结合部长大，从没去过田间地头，对农业也没兴趣。不过是想着能和纯粹天然食材打打交道，也还不错。宣传产品，写用户体验，重点是真诚，得像那么回事。经理讲完，临到动笔，罗蔓想起在麦城和李查德喝小米稀饭的日子，想起那种和革命相联系的粗粮，一时也不知从何说起。倒是下乡支教见过黄土地上长出来的小米，一颗颗捡拾回来并不容易。写了点潦草印象，又引申发挥了些农民和土地的关联，自己都觉着矫情。经理看了，却说了句，明天来上班吧。罗蔓糊里糊涂地答应，出得门来，还和付安东发短信，说是找上工作了。付安东还让她多长点心眼，不同的工作，要求不同，要主动去学习。见付安东又长篇大论教导个没完，罗蔓没了说话的兴致，只是哦了一声。其实，她应承下来，也只是想缓口气。成日找工作，被招聘的人打量来掂量去，她实在是受够了。

公司在湖南、江苏、山西都有基地。罗蔓到湖南去看了一回，山清水秀，蔬菜叶子上的刺毛虫、水塘里的蝌蚪，也觉新奇。她跟着一众小伙伴下田栽秧，几天下来，脸晒黑了，看上去却也健康不少。好几回下了工，别人说笑着径直往回返，她却要多走一截。村里的房子并不起眼，门前总是种些绣球花，随随便便就长得那么蓬勃。有户院子外，枇杷树上披满了金银花，她摘了一大捧，想着回去泡茶。一路草木腥气，她只是闭上眼睛深深呼吸，好像肺里都能感觉到这新鲜的刺激。

时间一下子慢下来。星空下，大家吃着烧烤，喝着啤酒，说到古法耕作，讲起城市和乡村关联太少，罗蔓突然来了句，要不我们建几个微信群吧，让大家打卡跑步，然后给坚持下来的人一人分一小块田，运动和咱们的有机农作结合，不就是健康生活吗？听的人都说罗蔓的想法有创意。

罗蔓这才知道原来对古法农耕感兴趣的人有这么多。建了五个群，还有人想再加进来。农忙时，她也帮忙干活，多数时候，只是拍照，录些短视频放到微信群。有人问，怎么来做志愿者。罗蔓看到了，都会耐着性子，一一解答。

走了半个多月，付安东也没联系她。若不是王梅香隔三岔五打个电话，罗蔓差不多忘了自己还有个丈夫。要是就在这山野一直待下去，她也没觉着有什么不好。到底还是得回去，临走前，她在村里买了些笋干、腊肉，鼓鼓囊囊，撑了一大包。

下了飞机，本想让付安东来接一下，后来还是自个儿坐了地铁。王梅香见罗蔓一样一样从包里取土特产，直问价钱。婆媳俩有一搭没一搭地在厨房说着话。罗蔓又捡出两包黑茶递给付守正，说都是当地人自己手工揉制的。付守正接过茶，也没细看，只是说，你这工作一出差就是半个月，就不能和领导说说你的特殊情况？罗蔓愣了下，还在想自己哪里特殊，王梅香却说，就不能让人家孩子歇歇，说话也不挑个时候。罗蔓说，乡下生活好是好，就是洗澡不方便，我先出去洗个澡。

等到罗蔓进门，只有付安东坐在餐桌边，手指头窝得直响，好像随时准备审问她。罗蔓脱了鞋，也不说话，走到卫生间，搓洗着衣服。付安东却冲过来扳过她的身子，说，罗蔓，你不能这样对我。罗蔓皱着眉头，说，你他娘的就不能轻点？付安东却像是受尽了委屈，说，我承认我做错了，问题是，你到底想要怎样？罗蔓说，你想要怎样？付安东说，我怎样也不怎样，日子不还得接着往下过吗？罗蔓说，然后呢？付安东说，什么然后？罗蔓，这么多天，你就想了个这？这就是你的诚意？付安东说，你还想要怎样？罗蔓说，我不想要怎么样。我甚至都没想过你。既然你喜欢打着公益的旗号欺侮小姑娘，那你继续去干啊？你感觉那么做能满足你的兽欲，你就坚持去做就好了。你不要碰我。付安东说，你说的还是人话吗？罗蔓说，我说的是不是人话不用你评价，你做的是不是人事你自己心里清楚。付安东说，我们不能这么耗着，这不是解决问题的办法。罗蔓见男人一脸蛮悍，听不进她的话，也有些恐惧，说，那你说啊。付安东说，我们就不能像正常夫妻那样重新开始吗？罗蔓哼了一声，好像听到男人这么说话真是讽刺。付安东说，你到底想要怎样？罗蔓又往墙壁缩了缩，仍是冷笑着，说，你先放开我，别对着我大喊大叫，你是不是认为这样特男人？付安东松开手，说，你她娘的能不能明明白白告诉我你想干什么？罗蔓说，洗衣服啊。罗蔓看了眼镜子里男人扭曲的脸，并没觉着害怕。

洗完衣服，又去阳台上，掸了掸衣服。她站了会儿，看见付守正王梅香两口子绕着楼下花园走了一圈又一圈。小区里带小孩的老人不少。付安东不知道什么时候下了楼，在健身器材旁吊着单杠。旁边走过来一个五六岁小女孩，穿着松绿裙子，对他说了些什么。付安东神色张皇看了楼上几眼，才把小女孩举到单杠上，双手也没敢松开。等把小女孩放下来，付安东又走到旁边拉伸。反正付安东做什么，小女孩都缠着也要跟着做，付安东好像没有带小孩的经验，有些手忙脚乱。

看了一阵子，罗蔓觉着浑身疲乏，索性躺在床上，起先没睡着，便捡过《房思琪的初恋乐园》，想看两页。她做了个梦，不知遇到了什么危险，跑也跑不动，醒来才看见付安东双眼瞪着她躺在对面。躺着不算，还把手搭在她腰上。她把他的手甩开，翻过了身。付安东又涎着脸调到这头。如是折腾几回，到后来终是没拗过男人，由着他脱了睡衣。期间她就说过一句话，你那病好彻底没？付安东压着喘息，说好了好了都好了。

事后，她也没去洗，仍是捡过书，好像这样能有点遮挡。付安东说，知道我刚刚在楼下碰见了谁吗？被你骂上一通，我想做几个引体向上，结果过来一个小姑娘，五六岁的样子，直喊叔叔，叔叔，我也要上去，还说她爸爸也能拉多少个。当时把我紧张得，生怕人家父亲冲出来，说我猥亵他家孩子。我做个什么，她都要跟着，还喊着叔叔我也要做。以前看见小孩，只觉着亲，自从被你骂过几回，我浑身都不对劲，好像整个人全是邪恶。罗蔓仍是没说话，放下书，又往卫生间走。付安东说，你就不能说句话。你骂我两句也行。罗蔓说，我又不是五六岁孩子，还分不清是非。付安东说，你到底想要我怎样呢？罗蔓说，你让我一个人待会儿就行了。付安东说，你一个人待的时间还不够长吗？

罗蔓洗了把脸，出门却见付安东正在那里翻她的手机。刚认识时，付安东的嫉妒心特别强，罗蔓跟谁出去都要拍照片发视频定位。和胡萱说起自己的不爽，胡萱还笑，这男人不也挺可爱？多吃点醋不也能增添夫妻情趣？不像我家大君，压根儿就不管你。罗蔓说，你还是能管住的？尽管开始不适应，到后来每日汇报，竟成了习惯。就是出差这半个月，她没给他发信息，也会和婆婆说说每天干了些什么。这回见付安东又翻她手机，就顺手抢过来。付安东倒也没说别的，只是求她，让他把那几个乡下拍的视频看完。还说，环境真不错，要是我们生的小孩从小在这环境里长大，也挺好吧？

她走到床边吹头发，付安东也跟过来，手仍搭在她腰上。这回她听着手机里寂静的虫鸣，没再把男人的手撂开。

七

孩子放暑假，胡萱带孩子回了趟麦城。听母亲说家不远新盖了个图书馆，环境还不错，便牵着孩子来了。孩子一会儿要看绘本，一会儿又要吃东西，胡萱便下到一层。母女俩一人端了杯饮料出来，见旁边阶梯教室有人说话，便从后面走了进去。原来是几个写东西的人在台上分享如何读书写作。孩子跑来跑去，她生怕吵到别人，也没耐心听，只是低声喊着。摸出眼镜往台上细看，人的长相没看清，却见大屏幕上有个李查德的介绍。当下拍了张照片，就给罗蔓发了过去，还问这人是不是和你以前谈过的那个国学大师。罗蔓问她在哪里。胡萱说，在图书馆啊，听你家国学大师做报告呢。罗蔓说，又去骗小姑娘了吧？胡萱说，骗没骗小姑娘，我一中年大妈没发言权，只是没想着你家国学大师长得黑黑粗粗，说话还蛮坦诚，气息笃定得很呢。胡萱还鼓动罗蔓说，再联系联系吧，人到一年龄，就得需要这东西，好坏先不论，先得有。这算什么话呢？罗蔓感觉胡萱越发说得离谱，就没再回复。

等到两个人在北京再聚，不知怎么又说起这个李查德，胡萱还有些困惑，说，你看看人人都想着挣钱，怎么还有人想着弄什么文学呢？罗蔓说，李查德之前一直在律师事务所给人写材料，挣了点钱，又搞了家西西弗斯国学研读社，挣点小孩子们的钱，闲的时候还编些故事。胡萱说，不对啊，你当时和他也没什么交集，怎么就认识了？

好像是久远的回忆，其实也才几年前的事。当时到麦城找人玩，见豆瓣同城有人组织电影观摩会，便去了。大白天，拉上帘子，一二十个年轻人围坐在一起。放的是《入殓师》，电影结束，主持人让人谈感受，多数年轻人都不好意思，独快三十岁的李查德站起来说了一大通，讲平庸人生对梦想的吞噬，谈人对自我认识的局限，野心大于能力造成的痛苦，又说人生就是修行之类。当时罗蔓还没毕业，对世界也没足够认识，就是认为李查德谈得混乱，也悲观，便站起来说了自己的看法。两人观点不一，事后却还是加了微信。回去的公交车上，罗蔓还和朋友说，我妈我爸天天催我找对象，我看了看微信里加了的好友，总共不到二百人，一多半是亲戚和女同学，剩下的不到二十个异性，顺眼的也没两个。要是大一大二，说不定眼睛一闭，稀里糊涂也敢和人好一回，现在让我凑合找一个，实在对自己狠不下心来。罗蔓边说边笑，露出一口白牙，细密汗珠淌在鬓角。朋友也跟着笑，说，刚刚见你和那个男的聊得那么投机，还加了微信，入港了吧，是不是也准备考察下他？车上人多，罗蔓仍是忍不住笑。她说，要死啊，不行的，不行的，他太老了。你想想一个快三十岁的男人成天参加这种活动是不是有些不正常？两个人嘴里不停说了一路。到了朋友宿舍，罗蔓也没多琢磨李查德如何不正常，倒是没忍住好奇心，看了半天他的朋友圈。他的空间里除了国学研读班的招生信息，就是和人骑山地车、徒步的照片。一个男人成天想的就是赚钱，就是锻炼身体，正常得很嘛。男人的小腿鼓成那样，太吓人了。

罗蔓说，你这认识的男人一个接一个，之前不也没什么交集？胡萱说，说你呢，你倒又扯到我身上了。你为啥不去麦城找找老李？罗蔓说，找什么找啊？找见了又能怎样？我和老李都是尝过太多人间疾苦的人。太了解彼此的艰难，所以都不忍心介入对方的生活。胡萱说，哎哟，越发来劲了，说得好像就数你们有真情。这么一比，倒显得我贪心，有事没事，动不动就让人开几个小时的车跑到北京来。

怎么说呢？自从付安东动不动盘查她的手机，打问前男友的事后，罗蔓嫌烦，连李查德的微信都删了。这回干了两个月电商，起初也被健康概念迷惑了一阵，兴冲冲地也关注过一段时间有机农业，好像她的美化和滤镜，也不是完全无意义。偶尔清醒，也失落，她到底不过是写写文案，就是个卖农产品的，哪里有那么多意义可供附会。家人朋友问起来，她先还有劲解释，次数多了，给人解释到后来，连自己都懈怠。

索性辞了职，还是想着得去赚钱。便又给两家私募基金投了简历。这一回，面试官年轻也白净，一身灰色西服。先不说她能不能行，竟直言相劝，说不要去从事这一行。原因也简单，死得太快，说不定哪天就爆雷了。见对方说得坦诚，也没好意思再打问。

几场面试下来，罗蔓也是身心俱疲。这天面试完，走出大楼天色还早，只是雨下个没完。罗蔓便撑了把伞沿着马路往前走。也是想找个人说话，脑子里过了一遍人，不知怎么想起李查德的电话，拨过去，竟然通了。李查德还是那副样子。得知是罗蔓，李查德像是才反应过来，来了句，你老人家怎么突然想起我来了？罗蔓没控制住情绪，叫了声老李，眼泪就下来了。

李查德连问出什么事了。罗蔓边哭边笑，说也没什么事。便把期间几年没联系，她如何认识小付，如何在北京结婚买房，还和闺蜜胡萱住到同一个小区的事，挑挑拣拣说了半天。

　　两个人说了说这几年的事，罗蔓又说，我也不是故意要骚扰你，就是胡萱非要我联系下你，也是见了鬼，你的电话居然还能打通。李查德就说，一切不都挺好的吗？怎么又哭了，谁惹你了？罗蔓说，我知道的，感情和生活是两码事，我就是眼睛水贱。又说，哪天你到北京了，我请你吃顿大餐。李查德说，饭还是别吃了，你知道的，我是个没有自制力的人，万一又把你带偏了，岂不是毁了你？制造家庭矛盾的事，做得多了，将来罪孽深重，不好和上帝交代的。罗蔓本是顺口一说，听到男人明辞拒绝，反倒松了口气。李查德又说，对婚姻不满意，要和你家男人多沟通，老回避也不是办法。还有，离胡萱远一点，你和她不一样，人家玩得起，你玩不起的。罗蔓说，我知道，我都知道。

　　李查德说一句，罗蔓应一句。雨不知什么时候停了，她还是撑着伞逆着人流往前走。罗蔓说，我现在一心想的就是赚钱。李查德说，那你成熟了。罗蔓问，你还写小说吗？李查德说，写呀。罗蔓笑了笑，那你的国学研读班还没垮掉？李查德说，过了这么多年，你可是一点没变啊，哪里痛往哪里捅。又说，前两年想着你回老家考公务员没考上又跑到北京去，感觉你还存有梦想，便以你为原型写了个小说。罗蔓说，是不是，我在网上搜过你的各种信息，能找到的都看过，没见你写过我呀。李查德便把一篇《纠正》发了过去。

到第二天下午，罗蔓才给李查德发短信，说，老李，看完了，我坐在国家图书馆一直看，以前怎么没有发现这篇。百分之九十的相似性，你咋把民族风杂志社都写上去了？老李，这些年发生了很多事，唯一不变的是我这个人，和对你的感知。我知道很多事都回不去了。儿时想不明白的人和事，现在好像也理解了，和成长没关系，只是一晃到了这个年纪，终于体会到什么是随波逐流。我也无意追悔什么，这几年我得到了所有的一切，钱，房子，家人，婚姻，筚路蓝缕，步步惊心，按道理不应该再有所求。不过还是会心痛。老李，你把我写哭了，我在试图淡定，以免回家被小付发现，他也是个敏感的摩羯。老李，你好好保重，有些话无须多言，能写出来的就不是人生，能说出口的就不是感情了。生活比想象得残酷太多，但你依旧是我的老李，以后也不会有其他人了……望保重。

李查德见发来这么长一条短信，也回了条，说，小蔓，听见你说自己的生活，虽然也有那么些不如意之事，但比起多数人都要好得多了。很喜欢《战争与和平》皮埃尔和安德烈的改变，要过一种健康的生活，完善自我。不好意思，又忍不住说教了。总之，看到你过得好，我也开心，祝福。罗蔓又回过来，问，你读过费兰特的小说吗？那不勒斯四部曲把人到中年的情欲写得家常又正统，可不像杂志上的中年小说，全是干枯的欲望，人家的内心还在不停成长。

就这么连续几天，两人漫无边际，净说些日常感受。罗蔓说，老李，你好好过日子，我琢磨实在忍不住就删掉你的号码。像几年前一样。反正我也能再把你找出来。这些年，他们都在聊房子，再买就是第三套了，以前我特别在意写不写名字，现在忽然觉得不重要了。七年了，什么都改变了，什么都没改变。我还是很不争气。我寻思着自己应该不是安娜，也不是包法利夫人，甚至不是查泰莱夫人，最多是你推荐的日瓦戈医生。努力又失败。俄国文学是跟你学着读的，读来读去只读出了孤独的寂寞和广博的美。明天入职，应该会忙起来，也许就什么都忘了。

失魂落魄了一阵子，想和胡萱说，又怕她大嘴巴传出去，掂量来掂量去，只有王晓楠和她现在的生活没什么交集。电话过去，王晓楠问有什么事。罗蔓先还不好意思，后来就说是有些心理问题要咨询。王晓楠说工友之家这两天课程多，要不就来学校吧。

到了皮村，见王晓楠一直和孩子们说话，脸色一派平和，罗蔓只是在窗户跟前站着。等到天色一点点阴下来，王晓楠才搬过凳子，聊了聊近况。罗蔓说起那回回天通苑取东西遇见她前夫一节，王晓楠笑了笑，说他人不算个坏人，我当时心理也出了问题。罗蔓便也讲了和付安东平日如何斗智斗勇的事。说到后来，一时兴奋没忍住，就把和李查德联系上的事全说了。王晓楠脸色一沉，说，小蔓，素日我只想着你没心没肺，不曾想你坏成这样。你要是心活面软，再和那个国学师傅不三不四，我就不认你了。小付那么好的一个人，你怎么就没想着好好珍惜？罗蔓没想到付安东在他人眼里竟是如此良善形象，难道是自己眼瞎净没看到他的正面？话说到后来，罗蔓也忘了来的目的，只是想着再说些不着四六的话，倒显得自己气量狭窄了，臊眉耷眼的，连忙找了个别的话题搪塞过去。

八

起初，付安东见罗蔓时不时还哼哼歌，也松了口气。

公益活动他仍会组织，但不像从前那么决绝。每天早上，他全身裸着在阳台上跑半小时步，做六十个俯卧撑。有一天，还让罗蔓捏他的胸。罗蔓问他大清早的，要干什么？付安东说，你没发现有什么变化吗？罗蔓又看了一眼，付安东是有些不一样，至于哪里不一样，一时也说不清楚。付安东说，记不记得刚认识你那会儿我还天天锻炼身体？罗蔓哦了一下。付安东又说，每天跑上半个小时，出一身汗，感觉真是舒服。罗蔓没说话。付安东又说，你也应该锻炼锻炼，你想想看，要是咱儿子出来，看见他妈一肚子泡泡肉，是不是会觉得这个世界太残酷？罗蔓这下反应过来了，说，付安东，你他娘的嫌弃我你就直说，不要以为这世上除了你，我就找不下男人了。付安东倒也没细琢磨女人的话，仍是涎着脸，说，我就是想给咱儿子创造个好的生存环境，你看你想到哪里去了。又见罗蔓自顾自地哼歌，他像是明白了什么，说，你这像是又在谈恋爱似的。罗蔓见付安东疑心又起，吞掉歌声，翻了一个白眼。

　　洗漱完，听见手机响，却是胡萱发过来一张她儿子照片。罗蔓说，哎呀，你说胡萱儿子怎么越来越不像大君了？付安东说，你就不能好好提升自己的能力？成天脑子里都在想些什么？罗蔓本来拿着筷子准备夹菜，听见这话，脸色就僵了下来。没找下工作，成了她的短处，感觉说任何一句话，付安东都有本事把话题拐到这上面。

饭桌跟前没有别的装饰，就挂了副中国地图。除了做菜，王梅香最喜欢做的事情就是看房地产资讯。几年了，饭桌上的话题，但凡说到挣钱，最后还是会落到房地产上。别的不说，就弘善家园这套房子，当时入手每平方米不到四万，才过了不到两年，涨到了七万。王梅香说，将来肯定还得回南方，还就得江浙腹地。无锡不错，就在上海南京中间，房价一平方米不到两万，企业多，流动人口多，肯定还会涨。要不就常州。镇江也行，厂矿不少，将来孩子找工作方便。买不起一手，买个二手房，买个小户型，完了再换。付安东说，我要换工作，去杭州的可能性大些。王梅香说，那就去临安，别的区都涨了，就临安不限购。付守正说，行了，几十岁的人了，天天都是涨涨涨，你就不怕犯心脏病。王梅香来了兴致，嘴里收拾不住。

饭还没吃完，胡萱打过来电话，说是她爷爷给走丢了。罗蔓披上衣服下楼，开上车要帮忙去找。走到半路上，付安东偏偏打过来电话，问晚上还去不去国家大剧院看《繁花》。罗蔓说，先帮胡萱找她爷爷。

见了胡萱，平日都是描眉画眼，花红柳绿，这回裹了件睡裙就出来了。说是早上九点下楼她爸和她爷爷两个下楼遛弯，然后去了菜市场。结果等她爸付了钱，提着菜转身，发现爷爷不见了。大君带着同事在小区附近找了好几个小时，也没结果。罗蔓说，快把爷爷的照片，还有体貌特征写清楚，发朋友圈，人多力量大。罗蔓转发了，还特意让付安东也转发，能转发多少群，就转发多少群。几个人找了一晚上，仍是没有消息。罗蔓半夜才回来，饭也没顾上吃，啃了两口面包，牙也没刷就躺下了。

到了第二天，罗蔓又陪着胡萱去派出所报警。看了菜市场的监控摄像头，老人提着袋子逆着人流走，还扇着扇子，到下一个路口，再没见到老人的画面。胡萱说小时候爷爷如何对她好，以为接到北京，一家人团聚能多说说话，而她想着反正住在一起，说话的时候多着呢，终日也只是在外面吃吃喝喝，也没好好陪陪老人。罗蔓说，不怨你的。老人家说不定在哪里待着，只不过还没好心人看到我们发布的消息。胡萱说，这么热的天，爷爷又年纪那么大，怎么受得了。

老人还是找到了。还是在皮村工友之家上班的王晓楠看到了罗蔓的朋友圈，说她们那里有个流浪老人很像她朋友要找的人。工友们当时遇到老人，胸前挂满勋章，背着一包瓶瓶罐罐，还以为是进京上访的，问了半天，也没准确信息，只好把老人让进屋里住着。

见胡萱进来，老人却像是不认识，仍是语气激动，在讲过去的事。工友之家的志愿者围在旁边，一个个神情专注。胡萱当下抱住爷爷就哭了，语无伦次，说没老年痴呆之前，爷爷就喜欢骑上电动车去公园讲革命往事。后来她爸嫌不安全，把电动车藏了起来。后来爷爷就像是突然抑郁了似的，不爱说了，就对钱感兴趣，就喜欢捡瓶子。

"早知道这样，还不如由着他，老人说点想说的话我为什么也要管呢？"

胡萱好像为过去没有怎么陪过爷爷感到羞愧。被胡萱突然打断，老人还很生气。胡萱还和工友之家的人解释，说她爷爷几十年了就是这么个暴脾气。听罗蔓说是王晓楠提供的信息，胡萱又拿了些钱出来。王晓楠说，不过是正好看见，拿你的钱成什么了。两个人又推让一番。

把老人让上车，胡萱又招呼罗蔓，说是一起回家吃饭，中秋节呢，一起聚聚，高兴高兴。罗蔓说，中秋过节，我得回家，要不我婆婆指不定怎么排揎我。胡萱说，我也是脑子短路了，大过节的，还留你，老把你当成没结婚的那个小蔓了。临别，还跟她招手，说中秋快乐。罗蔓说，你也是。

　　到稻香村买了两盒月饼，上得楼来，家里却没人。罗蔓叠了会儿衣服，付安东才推门进来。罗蔓说起找见走失老人的激动，付安东说，老成这样了，还知道挣钱，说明也不是真痴呆。罗蔓说，你还有没有人性。付安东说，那我把发的这条朋友圈删了啊。又说，我就知道老人走不丢，所以发的这条信息也是只让部分人可见。罗蔓本来兴致不错，听见男人补了这么一句，越想越不对，便说，付安东，我算是看透你了，还号称自己是个公益人，连身边的人你都不关心。你就敢认定你以后不遇到个什么事儿？付安东说，我朋友圈要是成天就发这些乱七八糟成了什么了？何况，我认识的人也有限，发不发也没那么重要。罗蔓说，你就是没把我当回事，没把我的朋友当回事。付安东说，人都找到了，你还这样，明显不是胡搅蛮缠嘛。再说了，人做事单纯靠热心就能解决问题？你看看街上每天乌泱泱来去的人，谁没点自己的事，我还能都管了？

　　罗蔓起先还只是生气，见付安东越说越冷血，不免心寒，说，你说得都对。真没想到你是这么自私的一个人。还公益人，真是笑话。付安东说，我都活了快四十岁了，难道就不能自私点？当初我要不是那么自私，能把你闹到手？罗蔓想起当初为了刺激男人的嫉妒心，编些还和前男友藕断丝连的情节。这么一想，她和他能走到一起，还真是绝配，两个人都挺会表演。

刚结婚那两年，要是碰到这样的事，罗蔓说不定还会在心里过几遍。不痛快了，也会按住男人，不让睡觉，拷问个没完。自从上一回男人给她染上淋病之后，她好像再没了那种想要纠正什么的信心了。一切不都是她自己的选择吗？她在小区里快步走着，夏末的太阳打在身上仍是炽热，却也和之前的无数个黄昏没什么不同。

脚底乏困了，她才走到亭子里坐下来。她看见小区的一辆白色捷达在不停起伏。那只白猫本来在垃圾桶旁边寻食，这会儿也扭过头来，瞪着双不可思议的眼睛。付安东不知道什么时候坐到了身边。两个人看了眼起伏的车子，又站起来往旁边走了走。付安东说，小蔓，你有没有发现，结婚这么多年，你从没服过一次软，每一回都要刺激上我半天。罗蔓没说话。她甚至都想不起和他的任何争吵了。

雨就是那个时候下起来的。在小区里又绕了两圈，两人才往楼上走。路过那辆捷达车时，门开了，一个年轻姑娘在驾驶座前收拾东西，后座上一个男人光着上身，满头大汗。付安东步子慢下来，忍不住多看了两眼。罗蔓却拽着他，说，快走吧，有什么好看的。付安东说，现在的年轻人真是会玩。罗蔓说，能不能别说话？付安东说，我对你家胡萱爷爷走失这件事没上心是我不对。你也知道，最近公司裁员，我压力也大。罗蔓没吭声。付安东又说，我们就这么安安静静地走下去，不也挺好？干吗每天非要刺激我呢？要是将来怀上了孩子，知道他的父母成天就是个争吵，该多可怜。精神基础就打不好。

罗蔓好久没想过孩子这一码了，或者说她过了琢磨还生不生孩子的阶段。如果哪天不小心真的怀上了孩子，她也会对孩子说，并不能因为我是你的母亲，你就必须爱我。孩子给不了她安慰，丈夫也给不了她安全感，从前她那么刻意追逐的东西，现在好像变得完全不重要了。

进门，王梅香问，怎么就你一个人？罗蔓回头看了一眼，一直以为付安东在后面跟着，空空荡荡，哪里有什么人。便说，他肯定又去了地下室。王梅香说，这孩子，真是蛮皮，怎么成天就只知道鼓捣那堆木头，人也快成了木头了，都不知道今天中秋吗？罗蔓说，我买的有月饼呢。王梅香接过月饼，吃了口，又说，他从小就这样，闷葫芦一个。你得黏着他，要不什么时候能怀上孩子？罗蔓说，他说他没热情，没感觉。王梅香说，他之前相亲，相了几十回，动不动就吵架，还从来理直气壮，说他没输过。你说说这不是缺心眼嘛。也不知道你怎么就看对他了。

几年下来，罗蔓并不了解付安东的脾气，不过感觉也不像王梅香说得那样不解风情。一个人把地下室收拾得也齐整，还买了全套木工家具，一黑夜一黑夜地钻在那里打磨他的太行崖柏。自从进去一回，见他百般不自在，罗蔓就再没下去过。

听婆婆说了些付安东小时候的事，后来老太太又说开了准备在杭州临安买房子。听到后来，罗蔓也慢慢进入了角色，好像即将到来的临安生活应该大不相同。

要不是警察打来电话，罗蔓可能真的死心塌地，想着这辈子也就这样了。

九

凌晨一点，付安东睁开眼，见旁边站着个女人，又是吐舌头，又是做怪相。再一看，旁边还站着两个男警察，不免受了惊吓。不过也没完全清醒，脑子里努力想着自己身在何处，仍是什么也抓不住，只觉天旋地转。警察问，知不知道你家在哪里？付安东说，我家，我想想，我家在高邮，对对对，高邮卸甲镇。警察又问，北京你有亲戚吗？付安东说，我爸，我妈，我媳妇儿，都在，你来，你来给他们打电话，他们就住在弘善家园。话没说完，偏头一看，说，哎呀，旁边这小区就是我家，我要回家。警察说，你等等，站都站不直了，叫他们来接你。付安东仍是拍着警察，说，我真是浪费纳税人的钱，半夜还害你们过来。知道不？我是做公益的，你去网上搜我的名字，付安东，你搜一下。结果手机没拉住，又把裤兜里几千块钱扔到了地下。警察说，你不要乱晃，老实靠着树。

罗蔓电话里听见人说是警察，还以为有人恶作剧，等到看见付安东搂着年轻警察有说有笑，不免发蒙。早上出门，付安东穿一身浅色衣服，这会儿全成了黑色。警察说，以后叫他少喝点，还有，身上放那么多现金，不安全。罗蔓说了声谢谢，才扶着往楼上走。付守正王梅香两个也起来了，见儿子这般模样，又是调蜂蜜水，又是拿热毛巾。

早上六点，闹钟响起来，罗蔓也不关，只是拿着手机到床边坐着。付安东见罗蔓一脸严肃，还笑，说，真他娘的，昨天被小领导训斥了一晚上，几个同事又喝多了。罗蔓说，喝多了？喝多还知道骚扰女人？付安东说，我肯定是喝多了，喝多了随便拨出去的。罗蔓冷笑，说，随便拨出去？那怎么没随便到我这里来？没随便到男的手机上？付安东这才像是有些慌，伸手想抢手机，硬挣了下，也没坐起来。

付安东早上就喝了杯豆浆，又去了公司。罗蔓吃完阳春面，才和王梅香说上午有个面试。下了楼，她也没去坐地铁，走了一截路，又给警察拨过去，先是感谢昨天帮忙，然后又问前因后果。警察倒也不嫌麻烦，说，昨天有个路过的女人，见路边花池里躺着个人一动不动，就报了警。警察还问她老公好些没，罗蔓却是听得走神。挂了电话，她一直在捉摸那个报警的女人到底是路过，还是一直就跟付安东在一起。

本来只是在知乎上看如何应对醉酒丈夫骚扰人，结果就看了半天 Metoo 运动。越看越是惊心。先前还只是担心丈夫有了二心，到后来就成了恐惧。倘若有人把付安东搞臭，她岂不是也完了？怎么办怎么办？胸口里像是成千上万个战鼓在擂响。

她忙不迭地给付安东骚扰过的女人一个一个道歉。好几个人都没有回复，其中一个叫伍诗绮的，回过来电话，说她刚从安定医院看完医生，有些话最好见面聊聊。

伍诗绮。就是那个害得她也看了几个月医生的前女友了。罗蔓想不到对方主动要求见面。坐车途中，罗蔓还整理了下，到时候应该说些什么。声讨她？还是辱骂她没有洁身自好？她眼皮直跳，没有一点主意。

在冰窖口胡同一见空间坐下来，伍诗绮也不管罗蔓脸色如何，全说了出来。

"认识他也有五年了，当时我还是个学生。我们做公益徒步，晚上朋友们喝了些啤酒，聊到很晚。其他人打牌的打牌，唱歌的唱歌，我头晕，就先回了房间。结果他打电话，问我在哪里。当时我有什么经验？想着付安东是众人心目中的好人，可能是出于关心才来找我的吧，所以还开心地打开房门。他进了房间，先还规矩，只是看看电视，说些不着边际的话。我见他站也站不直，就让他坐着。结果，他直接就扑了上来。我整个人都傻了，全身跟块木头一样，完全不知道反抗。我一直在推他，求他，到最后实在推不动，说，我现在不是安全期，不行的。他竟然掏出一盒避孕套。正常人哪有人随身带避孕套的？那个时候我就知道完蛋了。也不知道他折腾了多久。我还跑到厕所不停地清洗。和谁也不敢说，男朋友给我打电话，问我在哪里，我强忍着哭，都没告。他一直问，我还骂他，说要你管。挂了电话，结果付安东又爬上来。当时看到他满头大汗，我还想着他可能是喜欢我。我直接跟他说，怎么你们男人都是这样的牲口。他问我怎么这么说。我说这也不是我头一回被人强奸了。大二那年去做家教，也被人强奸过。付安东听了，又是道歉，又是给我钱。我说你把我当什么人了。他说，就想着你可能比我更需要钱，你不要，我不心安。结果我手贱，就拿了五千块。当时就想着这样也好，买笔记本不用再找家里要钱了。还抱着幻想，想着他要是喜欢我，找他要钱，他应该还会给我。结果第二天找他要，又给了我两千。当时我完全不知道自己在干什么。然后他说如何喜欢我，就这样，我们在一起待了几个月。后来，两边家里人都知道了，我爸妈嫌他老，他家里人也说我没个正经工作，有一段时间也就没联系。兼职挣了些钱，想着得把最初借他的钱还了，发微信过去，却被拒收，才知道他把我拉黑了。从那以后，我一直恨自己，为什么这么贱。我想他肯定把我当成了妓女。后来我胖了三四十斤。还是我妈有一回和我视频，见我胖成这样，问我怎么啦，我才知道自己身体出了问题。看了几回心理医生，也没什么效果。我爸妈也大概知道了病因是因为被强奸，却也不知道该怎么办，只是让我别声张，以后小心注意。和人说得多了，倒显得我矫情。有那么一段时间，我整个人说是活着，其实像根木头，行尸走肉，看什么都漆黑一团。"

听到后来，罗蔓的眼泪也止不住了。

"刚开始，我想不通，只是郁闷，老问自己，为什么是我。后来又得知，他做公益的过程中还骚扰过好几个女生，我才意识到得做点什么。我毁了就算了，要是让他再害别人，那我就是病治好了又有什么意义？"

罗蔓不想再问了。她不知怎么想起刚认识付安东的时候。他对她那副样子。她总觉着哪里不太对劲，现在明白了，他那就是习惯性动作。但能怨谁呢？刚来北京那段时间，她只有一个念头，找不找得到工作倒在其次，脑海里翻腾的，全是要把自己尽早嫁出去。她做过多少让自己嫌弃的事啊。试着在火车上，加哲学博士的微信。就因为他家在北京有房。她成天和胡萱说，拿下他我就不用奋斗了，拿不下又不损失。男人却不省心，也没着急要把她怎么样，见面不是谈论工作，就是说佛，还让她好好看看《菩提道次提广论》。罗蔓为了了解他，也真是下过功夫，从福建莆田南山广化寺搜罗来二十册《菩提道次第广论旧版手抄稿》，到底没有沉下心来看进去。最后男人不再找她谈论精神上的事，朋友也和她绝交。还让公司领导给她介绍，见了几个，也没成。这么找下去，怕是也能嫁个人。那时整天就想着一件事，找人联络感情。就想有个家。是年龄到了，还是被生活逼急了？她没工夫反省。所以，初识付安东，连他如此不合常理地待她，她竟然都没有意识到哪里有问题。

罗蔓像是安慰伍诗绮，也像是发泄，把当初如何来到北京，如何认识付安东，一一说了个通透。罗蔓说，这么些年来，他总是在地下室做他的木工，我一直以为他就是这样一个人，需要安静的地方释放工作压力。偶尔和他说点八卦，也非常不耐烦，拗蛮，又霸横，说我不求上进。

两个人说了半天各自对付安东的印象，仍是没有将这个人的面目完整拼出来。伍诗绮说，这么来看，你也是受害者。罗蔓说，我一直没敢承认自己是受害者，要是承认了这个，岂不是把我自己也完全否定了？起初认识付安东，他还裹着那样一层光环。她甚至说到了现在，听见付安东说话还是会莫名其妙地紧张，先前她没想明白，以为就是他比她气势盛，能力也强，她在他跟前自卑。可现在看来，不应该啊。她和他如果说是谈对象，是婚姻关系，不应该平等吗？怎么倒害怕他呢？

两个人越说越多。告别时，罗蔓还和伍诗绮抱了一下。

见伍诗绮这一段，罗蔓也没和付安东说。有空的时候，她仍会看看 Metoo 运动的进展，从公益圈，到媒体，到公务员队伍，陆陆续续，都有人站出来。也是看了这么多，罗蔓感觉自己好像从一个内心没有声音的哑巴姑娘，变成了能听到内心呐喊的人。看到这么多人讲述自己所遭遇的一切，罗蔓的震惊并没有消失。她在想，有些人天生勇敢，而她偏偏不是。

这天星期六，不知道怎么又说到生孩子的事，付安东说，你没工作也就罢了，连生孩子这些事也没个规划，我天天想着赚钱，还要操心这些。一听付安东又把生孩子的事怪罪到她头上，罗蔓一下子腾一下就站了起来，说，付安东，你真的不害怕吗？付安东说，我害怕什么？罗蔓说，我跟伍诗绮见了个面，她说要举报你强奸过她。付安东像是很困惑，半天才反应过来女人在说什么。他推了推眼镜，问她俩还聊了些什么。罗蔓说，什么都聊了。付安东这才着了急，也没顾上继续打问，只是不停翻手机微博。罗蔓见他手抖着，给伍诗绮发过去一条短信：

"诗绮，你还好吗？"

伍诗绮很久才回过来一行字，说，你自己去网上看吧。付安东正翻手机呢，过了会儿，伍诗绮又发来一条信息，说，我把举报信发到网上了。付安东问，你到底想干什么？

伍诗绮说，我不想干什么，就是说出来了心里痛快。付安东说，你就是个神经病。伍诗绮没再回话。

罗蔓在阳台上坐了一阵子，夜色如漆，细细看，却也能见到水洗过的天空，铺着鱼鳞一样的薄云。都九点了，对面楼上的小夫妻还在阳台上炒菜。终于把这件事坦荡说出来，她反而轻松了。拿起《房思琪的初恋乐园》，终是没有读进去。正闭目安神呢，却听见门被关上了，罗蔓出去一看，付安东消失了，皮鞋也没穿。她怕付安东做出什么极端举动，又跟到楼下。

刚到地下室，就听见一声哀号，闷声响成一片。推门进去，只见付安东把崖柏雕刻扔得到处都是，拿着把斧头还在不停劈木头。罗蔓冷着脸，看了一会儿，才说，回避也不是办法，你得站出来道歉。付安东说，要我说什么呢？认识你之前，我和她处过对象。我也一直以为我们当时是在谈恋爱。就是和你结了婚，有一回一起做活动，两个人酒喝多了都情不自禁，又发生过一次关系。罗蔓说，你不用和我解释这些。我只是想问你打算怎么办。付安东说，能怎么办？她就是要搞臭我。罗蔓说，都这个时候了，你还这样想问题吗？你是不是认为世界上的人都是存心在和你作对？你就不能好好想想你自己错在哪里？你有没有想过，你不征得人同意，就把她粗暴按倒，这是在犯罪？你到底这样子欺负了多少小姑娘？说到后来，罗蔓的声音低了些，她想起他最初那样对待她的时候，她也不小了，竟然也对他毫无办法。当时她一心想找个男人结婚，竟然没有想到他是仗势欺人。

付安东双手揪着头发，也不言语。罗蔓蹲在地上，看着散乱的崖柏根雕，木头朽成这样，竟也没完全烂掉。不知待了多长时间，付安东才拿起来笔来勾勾画画，写了封公开信。他讲述了认识伍诗绮的前前后后，用词也含混，说是自那事发生之后，和她就成了恋人关系，至少在他看来，他和她又以男女朋友的关系处了一年多时间。又说，不管是从法律上还是道德上，他没有尊重伍诗绮的意愿，给她造成了这么大的伤害，是他没有想到的。不管怎样，他愿意承担一切后果。只是他强调，这件事情和公益无关，和他的公益人身份毫无瓜葛。这是他作为人的失败。

写完，他把手机递给罗蔓，问这样行不行。罗蔓说，你做这些不是为了说服我，你要有诚意要给大家一个交代。

付安东像是失魂落魄，坐在地上半天也没动静。罗蔓也没再刺激他，只是把地下的各种崖柏摆件一一拾到架子上，归放整齐。像是生怕打扰到男人，罗蔓又退到了地面上。

小区里安静得很，两个学生模样的男女靠在健身器材那里，一人耳朵里塞着个耳麦听着歌。手里拿着本书，也不知道是在看书，还是在谈恋爱。凉亭上的紫藤，开得夺人心魄。罗蔓往前走了几步，闻见一股清香，地上草丛里，星星点点，开着细碎的小白花，走了几步，又折回来，摘了片叶子，只觉神眩，多年鼻塞像是猛然通了。掏出手机，用形色程序识别了一回，比照的结果，说是紫苏。又搜索了半天，看见它还有个别名，荏苒。还能做菜。她忍不住，多摘了几片。

十

分手是孙导提出来的。为了让胡萱放弃，还专门给她发微信，说他现在在等别的姑娘洗澡。"我知道他没有这么渣，他就是想表现出这么冷漠没有良心，我就好彻底死心。"都这个时候了，胡萱居然还在替男人着想。罗蔓不免有些痛心疾首。她说，爱情有什么用呢？能当饭吃吗？胡萱丧着脸，说，连点爱情都没了，生活还有什么滋味？罗蔓听得一愣，都三十来岁的人了，动不动还是爱不爱的，也不觉羞耻。

　　胡萱仍是自顾自地感慨，说，我也并没觉得真的多悲伤，你看，我们就是那种世俗意义上的狗男女，他有妻子，我也有丈夫，可是莫名其妙想到再也不能像从前那样了，还是会落泪。罗蔓说，你肯定是被他精神控制了。他对你算不算性骚扰？胡萱被罗蔓问笑了，说，什么啊，刚开始见到他，根本没看上，长得那么丑。可是你知道，有时候男人和女人在一起并不是要多帅，他情商高啊，又是鲜花又是礼物，天天陪着你，随叫随到。罗蔓说，大君就没发现吗？胡萱说，肯定也能感觉到一些吧。又能怎么样呢？我们这一代只能就这样了。罗蔓说，这么想问题不对，你读了那么多年书都读到哪里去了？胡萱说，你不懂的，就像烂木头桌子拔掉了锈钉子，钉子是拔出来了，但窟窿还在。罗蔓没再说话，想着过去初到北京，疯了般到处相亲，见一个男人就是想着适不适合结婚，等到和付安东组合到一起，一度以为自己能和这个理科生像期望的那般，过有秩序的生活，哪里知道事情会变成如今这个烂摊子呢？她甚至都不知道那根锈铁钉在哪里。

　　罗蔓说，分了也挺好，人生七苦，求不得，怨憎会，断舍离。胡萱说，又来了。都是什么啊。你没经历过，你不懂。我又不是不知道怨憎会爱别离求不得。罗蔓说，我怎么不懂，你都不知道我最近经历了什么。便把付安东性侵多位女生遭人举报的事，不分章节，说了一大篇。听到后来，胡萱只是瞪着眼睛，完全忘了自己刚刚遭人遗弃的处境。

罗蔓说，我想离婚。胡萱说，你疯啦？离什么婚？这把年纪了，还折腾什么劲？难不成真回麦城找那个国学大师？罗蔓说，这事和老李没关系。我就是想着这么耗下去，不单付安东看轻我，我自己都讨厌我自己。胡萱说，谁结婚不是个这，好像离婚了就不一样。罗蔓说，他智商太高了，每天都是告我该做这个得做那个，搞得我跟愚蠢的羊似的。经过这么一档子事，发现自己还不如羊。

胡萱说，当年我和大君何尝没闹过离婚。后来想着孩子也几岁了，何苦折腾，忍了。你以为我真是欲望大得不行，要成天找这个找那个？不是的。我知道大君在外面也有人。都是成年人了，谁骗得了谁？我越是不在乎，就越想找一个中意的，心里好平衡。这么说，你肯定认为我道德有问题，都什么年代了，怎么还这么不清不白地死缠烂打。人和人就不能纯粹点吗？小蔓啊，有时候真的挺难的，两个人总比一个人好。婚姻和爱情没什么必然联系。有个生活伴侣，一起对抗生活，不也挺好？

罗蔓本来以为什么都想好了，听了胡萱一派言语，心里又是毛毛草草，起伏不定。正矛盾呢，她妈李晓妮又打来电话，问她在干什么。也不等罗蔓回答，又说，你快给你弟打个电话，劝劝他，天天就说想在上海买房子，咱这家庭，他又不是不知道。罗蔓说，那你们就把高邮的房子卖了，给他付个首付。李晓妮说，卖了这房，我和你爸住哪？罗蔓说，小付家不是有个老院子你们在照看吗？说起这一出，李晓妮声音高起来，说，自从得了付守正家院子钥匙，你爸神气六国的，天天不是过去种菜，就是闷在那院子里编他的纸扎。还不能说他，一说就缸丧吵死地跟我吼，说我屁也不懂。李晓妮说，早知道你爸这么嫌弃我，你说我跟他何苦复这个婚？真是活现冒。

罗蔓把电话放得远远的，由着她妈在电话里抱怨。胡萱问，谁呀。罗蔓说，还能有谁，我妈。你说我妈这人也是的，早两年跟了个人，死活看我爸不顺眼，闹离婚，等到五十大几，对方家孩子大了，感觉在那里待着不合适，见我爸也没再娶，又跑回来。跑回来，我爸也不说多话，成天只是编自己的纸扎，情愿跟亡灵世界打交道，也不搭理我妈这个大活人。这会儿我妈知道痛苦了，知道难受了，早干吗去了。胡萱说，你看，这就是没想好，冒冒失失离婚的后果。罗蔓说，有时候我想，我也不是真的多渴望婚姻，和小付一起这几年，其实我最喜欢的还是我婆婆。我婆婆真是活明白了，红尘看透，犀利坦荡，照顾着一家老少的情绪和饮食起居。胡萱也跟着附和，说，你看看你，小付除了生活作风有点问题，人总体来说也算上进，婆婆也对你好，你还想要什么呢？罗蔓说，过去我也这样安慰自己，老是跟自己说，要知足。要满足。都说人生有两种痛苦，第一是得到了，第二是没得到。反正这一切都不大真实，也就没有强烈的得失心。问题是，不管怎样，都得解决。我跟小付，不管是我说，还是他主动提出来，这个问题一定要解决。我得把这根烂桌子的锈钉子拔出来。

两个人又说了半天话，罗蔓什么也没记住。

回到家，王梅香正在切三文鱼，用片绿叶子包了递给罗蔓。嚼在嘴里，一股清香直冲脑顶，罗蔓连问是什么。王梅香说，上回你说楼下有紫苏叶，我就移了两盆回来。婆媳俩一递一句，说了半天话，不知怎么又讲到要去临安买房。王梅香说，到时候去了临安，吃住都比这里好，到时候你好好休养，准备要个孩子。罗蔓这回没忍住，说，妈，真不是我的问题，不信你可以问问小付，你让他去医院查一查。王梅香愣了下，好像没料到媳妇会如此说话。王梅香说，你知道他成天飞来飞去，是对身体不大好。两个人有商有量的，争取努力早日怀上。

要是放在早以前，罗蔓可能还会有性子敷衍，这回却听王梅香又说起传宗接代的事，三文鱼片才吃了两口，又放下，掉头进了房间。

当天晚上，罗蔓就在伍诗绮的博客下贴了一篇回复，讲了她和付安东认识的过程。也是在回忆的时候，她能冷静地观察从前的自己了，那么着急，又带些怯懦。为什么是我？她一遍又一遍想着伍诗绮的话，好像看到了另一个熟悉的自己。

晚上付安东回来，罗蔓还把写出来的文章给付安东看了。付安东说，我早料到了。付安东的冷酷出乎罗蔓意料。付安东说，你知道吗？最初认识你，我以为就是最后一面。到第二回在天通苑的花园里，我以为那回就是最后一次。我只是没想到我们能走到今天。罗蔓说，过去我一直不开心，也不知道问题在哪里。现在只要一想到不和你蛮缠，一下就解脱了。

付安东说，别的都依你，就一件事求你，这事能不能先别和我爸妈说，老人年纪大了，还在吃硝酸甘油片。罗蔓听了没吭声，只是和衣躺在阳台上。

得知罗蔓要离婚，李晓妮直接就炸了，开口就是：你都三十好几的人了，这一离婚，又不知多会儿才能找下合适的，到时候你再生个孩子，都快四十岁，到了五六十岁，孩子才一点点大。听到这话，罗蔓情绪一下子就失控了：

"三十几岁怎么了？三十几岁没生孩子是不是就该死？你们年龄也大了，不该操心的就不要操心，自己本来身体就不好，成天想些没用的，倒把自己气出一身病。还好意思说我离婚，你当年呢？你就是想明白了，和我爸捆在一起，就真的如你的意，就开心了？再说了，要是和付安东生个儿子，将来还是这么一副德行，到处害人，岂不更成了社会祸害？"

最后还是李晓妮吓着了，一个劲儿地嘟囔，说，我也是为你好，怎么就跟你爹一样，一点就炸？一个姑娘家，就不能好好说话？

母女俩吵了一架，倒像一下子气顺了。过了两天，李晓妮又打过来电话，罗蔓懒懒的，只说都没什么问题。李晓妮也没再提旧事，只是讲了讲她爸酒喝多连门锁都开不了的事。两个人说了半天闲篇，才挂了电话。

都定好时间一起去民政局办离婚手续，结果付安东又突然出差，去了神户。罗蔓无事可做，每回出门四处走一走，耗掉时间，看天色差不多了才回屋，进了房间也不言语，只是闷头收拾自己的衣物，发现结婚后竟也没添置几件新衣服。

付安东从神户回来，在奈良给罗蔓带了幅葛饰北斋的《富岳三十六景》。罗蔓展出来看了，尤其是《神奈川冲浪图》，虽是仿作，却也看得目摇神迷。当年刚认识他时说过什么浮世绘之类，未曾想过了这几年男人竟还记得。她面孔肃穆得像座教堂，客客气气说了句谢谢，又顺手搁到床头收纳筐。

这天，罗蔓和胡萱在王府井闲逛。胡萱孩子看到书店，吵着要进去看偌大书店，冷冷清清，没几个人。罗蔓挑了半天，也没看到合适的，转过身来，和胡萱说，折腾了这么多年，我突然发现，内心生活才是人真正的生活。胡萱说，你内心戏一直不就挺丰富？罗蔓说，不是那么说，你说我结婚、离婚，辞职找工作，好像印象不深，倒是看过什么书，和谁看过一场电影，却记得分明。胡萱说，你到底单纯，欲望不大，等到你经历足够，可能就不这么想了。罗蔓说，2014年，我和王晓楠去尼泊尔爬布恩山，在山里碰上下大雨，又冷又阴又潮，什么也看不清，心情糟糕，几次差点回头。两个人都想着总不能白来一趟，坚持到第三天，又翻过一座山头，消失了几天的太阳从云雾里打过来，整个世界金黄一片，连雪山都不再阴冷，特别的柔和。当时什么念头都没有，就想着要把这一切记住。很快太阳沉下去了。接下来，又看到了从没见过的星空，那么美，那么干净。我完全忘记了先前夕阳带来的震撼。胡萱好像在想象当时的情景，说，我要是腿好点，也会去跟你们徒步。罗蔓说，自从结婚后，我早忘了还有这爱好了。

取下本《革命之路》，翻了两页，竟能看进去。又看到《德伯家的苔丝》，正犹豫要不要买，胡萱却过来拽她的手，直说，天啦，微博上有人说你选择离婚，是图那个机械男的钱，就是故意抹黑志愿者。罗蔓没接话。胡萱说，不解释一下？罗蔓说，和他们有什么关系啊，白费唾沫。再说，和付安东一起生活了四五年，她还是很难判断他到底是怎样一个人。她拿出手机翻，才发现贴上去的回复说是字数超过限制，没有发送成功。

正是夏日，刚下过一场透雨的街面，罕见的清凉。小孩踢踢踏踏往前跑着，胡萱跟在后面直喊慢一点。或许是见罗蔓太沉默，又停下来，等罗蔓近了，说，正午剧场在放你喜欢的电影类型，《小偷家族》有没有兴趣？罗蔓说，一听名字就没意思。要不去皮村吧。胡萱说，那地方有什么好的。罗蔓说，上回你可能光顾着找你爸，没和人聊。感觉那里的人不一样，孩子们健健康康的，就像我们过去的那种大杂院，集体生活，特别有归属感。胡萱说，你真是中了邪了，不去好好找工作，非迷上什么志愿者？罗蔓说，走吧，走吧，去转一转，嫌没意思了再回来嘛。两个人又走了一阵，罗蔓说是骑摩拜单车凉快，胡萱早顺手拦了辆出租车。

烈日下

一

　　每天下午，待在万邦国际的四楼，赵利民总是忍不住要走到窗前。

　　送快递的小伙子还是跨在他的三轮车上，大口喝着水，身着白色上衣灰色短裙的姑娘望着他，两个人一递一句地，说着什么话。他们背后，是透着暖黄灯光的美滋每客蛋糕店。赵利民在停车场见过这对年轻人，男孩总是那个时间来接她下班。姑娘剪着齐刘海，乌油头发，高高的鼻子，两腮几粒雀斑若隐若现。不知怎么，留给他深刻印象的，却是她穿着一件薄薄的粉色毛衣，胳膊处撑开两个小洞，露出一圈白生生的肉。季节似乎突然到了夏天，两场雨下来，毛毛虫一样的杨树花开败了，满树披挂上亮黄色的圆叶，空气里到底还氤氲着凉沁沁的寒意。他们两个旁若无人地，自顾自地往前走。起风了，男孩脱下工作服披在姑娘身上。她小小的身体裹在暗色的大衣里。驶出停车场，他看见他们居然还没走远，就蹲在路口的烧烤摊吃着东西。

"真是疯了，你知不知道，我周围有两个同学在闹离婚。"

赵利民听见姑娘的声音从不太嘈杂的人群中渗过来。正是绿灯，前面接送孩子的汽车、电动车、自行车，搅拌在一起。不耐烦的司机长长地摁着喇叭。男孩像是说了句什么，女孩还是那么一副惊诧的口气："什么人到中年？他们还不到三十岁啊。好像离婚就能解决所有的问题似的。"男孩又说老板换了仓库，拉一次货得两个小时，工作时间更长了。话意都是抱怨，脸上却始终带着笑。姑娘脸色生动，看不出丝毫丧气。有几个路人朝着他们说话的方向看去。赵利民又望了一眼。那女孩像是接到了他的眼神，径直看过来。赵利民往窗外弹了弹烟灰，摇上了窗户。

车过新建路，又堵在了铁路桥下的涵洞里。自从五龙口海鲜市场搬到了附近，就没有不堵车的时候。正想着要不要给孙改兰打个电话，买点鱼虾回去，一列绿皮火车缓慢驶过。他的眼光跟着火车追了许久，直到火车完全消失，脑海里还是那个倚在窗户边读书的女人。

梗塞了半天的车流又慢慢蠕动了。

七点了，孙改兰还没有回来。拨过去电话，半天也没人接。打开冰箱，十字对开门冰箱填得满满当当，看了半天，还是取了罐黑啤，走到阳台上，又把正接的一桩案子重新过了一遍。犯人长着一张再普通不过的脸，难以想象，就是这么一个人，竟然自制炸弹，去了市政府。

窗外的北沙河两岸变成了一片繁忙的工地，往昔破烂不堪的平房不知什么时候推平了。好些年了，他一直和孙改兰说，要是住的地方有个公园，他就能跑步了。看到正在改造的北沙河，他在想，这是不是一切都在变好的征兆。

孙改兰进门，看见歪在沙发跟前的赵利民，又看了眼电视。电视里正放着纪录片《荒野求生》。孙改兰说，回来了。赵利民看着电视说，哦。赵利民又问，吃饭没？孙改兰不紧不慢地脱外套，说，哦。赵利民眼皮直跳，声音高了些，问她怎么电话也不接。孙改兰说单位要整改，账对不上，重做了几本，这才把账平了。

"你说我可可怜怜挣这么两个钱，图个什么？成天提心吊胆。"

"我不是说过让你辞掉工作？你又不愿意。"

"我工作也不全是为了钱，好吧？"

不知道从什么时候开始，两个人对话都是带着质问。赵利民又说了一阵北沙河改造的事，他好像对即将到来的前景特别期待，说："到时就可以跑步了。我们一起跑步好不好？"

孙改兰却像是疲惫得不行，一点都不照顾男人的情绪，直接就回绝了。"一点都不好。你以为人人都像你，成天无所事事，在法庭上说点人话鬼话，钱赚上了，回到办公室，还有女秘书跑前跑后招呼？"

赵利民半天缓不过神来。结婚之前，他对孙改兰谈不上有什么了解，不过是因为两个人都在警校念书，除了读书，也找不到更有意思的事干，就好上了。真到了谈婚论嫁，孙改兰爸妈却嫌他是村里的，在太原连个房子也没有。拿什么结婚？天天喝西北风？即便是受到了岳父岳母的歧视，赵利民的情绪却没有受到多大影响，至少他没有表现出丝毫不满。他知道女人怀上了他的孩子，他都快要做父亲了，怎么会和两个毫无远见的中年男女一般见识？他骑着自行车，带着孙改兰大街小巷地乱转。看见鸣笛驶过去的桑塔纳，他回过头说："老婆你等着，不需要几年，我们也会坐进那样的车里。"孙改兰什么也没说，只是把头贴在他的腰上，手呢，伸进他的衬衣里，轻轻揉着他的乳头。他浑身充满干劲，恨不得把自行车踩得飞起来。这才过了多少年啊。他都差点忘了这些年怎么过来的，等到车子、房子都有了，他和孙改兰却没什么话说了。

又看了会儿《荒野求生》。接下来，怎么睡着的，他完全忘了。

早上他被厨房里豆浆机的声音弄醒，发现身上盖着毛毯。女人可能怕他掉下来，还把茶几移到了沙发旁边。孙改兰蒙着黑面膜从厨房里走出来："用不用炒个菠菜什么的？"端来豆浆和全麦馒头，孙改兰又说："我有没有和你说过，我们单位的钱润平真是不要命了，天天喝酒。没完没了。"赵利民看了女人一眼，想听听女人还要再说些什么话。女人却没再继续。赵利民知道这个时候完全不说话也不对，便接了一句。

"焦虑呗。人到中年，就跟你们女人的更年期一样，那是病，由不得自己。"

"少把自己对生活的无能为力归结为人到中年的

焦虑。"

赵利民不知怎么笑了起来。好像看到女人还是像过去那样鄙视他，处处反对他，一点都没把昨晚的争吵放在心上，他这才踏实下来。

到了事务所，赵利民把包扔在桌子上。祁可进来给他倒了杯茶，又问有没有什么别的安排，他摆了摆手。他打开手机，看见李查德给他转发了条信息。不知是谁用他的案例写了篇文章。他倒没有为里面的内容感动，只是不明白这信息是怎么弄的。他打过去电话，问了半天，李查德说：

"这个简单啊，就是个微信公众号。你想要的话，我也可以给你申请一个。"

等到李查德过来，拿着他的手机一通折腾，又让他设置密码。过了会儿，李查德问："起个什么样的名字？"

"不玩花哨的，就用事务所的名字，利民。"

"不加律师事务所？"

"两个字就挺好。"

接下来的大半天，赵利民就在那里琢磨微信公众平台上的模板。他先是想着发点平时接过的案子，把自己写的辩护词贴上去，却又感觉太冷血了些。他让祁可把过去事务所接过的案子都翻出来。他回想着过去为当事人奔波的情形，将期间曲折的过程清清白白地敲在了电脑上。写的过程当中，偶尔也忍不住夸大自己的功劳，只是，多数时候他感觉自己像是陷在泥青里。等到老老实实讲完，才意识到，这几十年来，他光顾着索要辩护费用，很少考虑到当事人的困境。写完了，他也没做多少修改，就贴到了网上。

李查德发过来微信，说，赵主任，你可以么，现在没几个人对当下的生活有反省意识。你的境界可不一般。赵利民说，比起你们专业人士来，还是差一截。两个人客气了一番，见李查德后来话少，只是不停回些笑脸，他也就放了手机。顺手拿起案卷，想再写点什么，到底毫无头绪。想到自己就因为李查德说了那么几句话，竟然还飘飘然，赵利民又叹了口气。

二

"二哥，李奎他们出来了，想请你出来坐坐。"

赵利民在盘古和律协一帮人喝酒，说是走不开。老四说，那喝完了过来，一起吃宵夜。挂了电话，赵利民又接着谈论玉石。有那么两年，他喜欢玩石头，从买回家里当摆件的欣赏石，到玩玉，他在这上面没少投资。他从腰间解下来一块白亮的玉石，说，你们看看这做工怎么样？每个人把玩了一遍，又传回他手里。赵利民不停地捏摸，说，真正的好玉，就是你怎么摸，看上去都不会脏。这是正儿八经的和田子料。在座的一个女律师就笑，说，终于知道在什么地方打劫赵主任合适了。赵利民还好奇，问了一句。女人就说，等你上厕所解开裤带的时候。说完哈哈大笑，众人也笑，好像都听懂了她话里的暧昧。赵利民也笑，笑着笑着，脸上就有些僵。他还想说说玉，见众人的话题拐到了女人身上，也就闭了嘴。喝了酒的男人似乎浑身都长着鸡巴，说起勾搭女人的经历，一个个唾沫横飞。不知是谁提到了那个年过五十还没结婚的女法官，说她固执，不好打交道，结果有人就跌出一句：

"用老四的话说，女人就得闹，不闹肯定会出问题。"

赵利民没喝什么酒，听到后来就有些不自在。他站起来往卫生间走，李查德也跟了过来。洗完脸，赵利民看了眼镜子里的男人，好像完全不认识。扭过头，见李查德站在身后递给他湿巾，说：

"一会儿到天地人间唱歌，你也去。"

李查德没吭声。等到老四到楼下来接，李查德又客套了一番。老四大牙一咧，说，你不深入生活怎么能写出来好东西？研究国学的？怎么国学就不用和人民大众打成一片了？李查德好像被这么一句话说服了，便上了车。

刚进包厢，就见一个蹦跳着的男人从茶几上冲下来拥抱赵利民。闪烁的灯光打在他满是文身的背上，李查德看得暗暗惊心。赵利民介绍，说，这就是著名的李奎。李奎又接着唱崔健的《一无所有》。

"李奎在监狱十几年，成天只做两件事，唱歌，做俯卧撑。"赵利民扭过身来和李查德闲说。就因为有这么个特长，还进了乐队。监狱长挺高兴，把他当成改造好的典型，来人参观，就把他们集合起来表演。旁边的老四听见了，说他也进过监狱。李查德问是哪一年，老四说是一九八三年严打。赵利民就笑，说，老四，谁让你耍流氓？老四忙不停辩解，什么啊，就是因为谈恋爱，好过的姑娘后来认识个公家人，人家嫌我追他的女人，就利用严打把我铐起来，搞了个强奸罪名，劳教了老子五年。李奎过来敬酒，独听见这一句，就说，老哥我不管你有没有强奸，反正你进了监狱，咱们就是同道中人。老四杯子举起来，也没喝，接着说，我进了监狱，就是天天读书。李查德说，监狱有那么多书？赵利民说，那个姑娘可能良心上过不去，常去看他，带的全是书，就是想让他好好改造，好像生怕他出来再祸害别的女人。老四说，什么啊，都是家里给寄的。说起监狱生活，老四话多了。他说他服刑的地方是个砖场，不做砖的时候就读王阳明，读尼采。李查德说，感觉你们都不是去服刑，倒是又念了个大学。大家喝得高兴，包厢里又杂乱，渐渐地，谁的话都听不清了。赵利民和李查德挨着，两个人交头接耳，说些无关紧要的话。李查德正听得惊讶呢，门打开，来了一溜姑娘。众人消停下来，都推让，说正哥先挑。赵利民来回睃了两眼，见推不开，点了个头发卷曲身着旗袍的女孩。

　　几圈啤酒喝下来，赵利民坐不住了。他跟人打招呼，说是要先走一步。李查德大概喝多了，坐在车上就打开了呼噜。到了敦化小区，赵利民又问他要不要紧。见李查德歪在副驾，开门都不利索，赵利民到底是不放心，把李查德搀上了楼。家是新装修的，只是堆满了书。

　　"怎么连个电视都没有？"赵利民好像完全无法想象一个家里，没有电视怎么过得下去。"一个人也要把日子过起来。"

　　第二天下午，夏普售后打来电话，问他的地址，说是要送一台电视机。没过多久，赵利民又打来电话，问电视送到家没有，还说他有一个硬盘，里面拷满了《越狱》《权力的游戏》之类的电影，要给拿过来。

等到《越狱》的画面在房间里响起来，赵利民像是了却一件心愿，这才在坐下来。李查德又是烧茶，又是掏烟，说些感激的话。赵利民说，也没花几个钱，家里有点动静，日子也不至于那么孤单是不？再说，也不是白给你做这些，有正事求你呢。

李查德这才知道，前些日子赵利民回了趟老家，一个表兄为母亲写了本传记。书印得好不好，内容写得感不感人另说，赵利民只是纠结，为什么这么一件事，不是他先做出来。等到表兄做了这件事，他想，要是还是自己写点回忆和旧闻，就毫无新意了。这个时候，他想到了李查德。要是找个国学大师去自己的家族里采访一圈，内容是不是会更饱满一些？一想到自己的母亲有专业人士来写传记，赵利民认为自己总算做了件正经事。李查德听了，忙说自己没经验。赵利民说你不要谦虚，写完少不了你的好处。李查德就笑，说，也不是什么大事情，只要能做到让你满意就好，再说别的，就见外了。

清明前一个星期，赵利民又打来电话，说是一起去平阳路的友谊肥牛喝个酒。李查德以为还有别人，去了才知道，就他们仨。坐在赵利民旁边的女人看不出具体年龄。李查德一时尴尬，眼睛不知该往什么地方放。赵利民说，来，我给你们介绍一下。这位是狄曼，我刚认识的朋友。又说李查德是他的好兄弟，研究国学的，也写诗，汶川地震、赵家岭矿难，他都写过七言长律。在那么局限的格律诗里，要展现举国上下精神团结，可不是一般人能做到的。李查德说，那时候太年轻，什么都不懂，其实我更应该关注那些埋在地底下的人。狄曼说，都是功德。赵利民说他平时爱看《新华文摘》《小说月报》，学生时代也做过作家梦。就是现在，读到好看的小说，也会给他的女人看。说到动情处，他好像有些失落，好像要不是这么些年弄材料，写辩护词，废掉了他的才华，这件事情他自己也完全有能力做好。又掏出一个牛皮纸信封，说里面都是关于他妈的资料，让李查德提前看一看，熟悉熟悉。

狄曼一直给赵利民夹菜，赵利民呢，坦然得很，女人夹什么到盘子里，他就把什么塞到嘴里，一刻也不停，像是刚做完什么劳累的事。当然，也没忘记劝李查德也多吃点。他的跟前汤汤水水，沥沥拉拉，弄得到处都是，芝麻酱还溅在了白色衬衫上。狄曼又连忙扯纸巾帮他擦掉。

李查德心思不在吃饭上。赵利民从盘子跟前抬起头来，喝了口西瓜汁，说，李查德还没结婚呢。他问旁边的狄曼，你有没有还没结婚的朋友？有的话，给李查德介绍一个。李查德本以为是要谈采访赵利民老母亲的事，不料话题到底还是转到了自己身上。狄曼笑了笑，有是有，问题是你们都在太原，离我们大同三四百公里，远水能解得了近渴？赵利民嚼着一口生菜，好像突然才反应过来，说，你就没结婚啊。狄曼脸腾的一下就红了，说，你要死啊。李查德见这两人旁若无人地说笑，眼神没个放处，坐立不安，净想着快些结束。

到了家里，他把牛皮纸信封里的光盘塞进电脑，原来是老太太出殡时的碟片。葬礼办得风光热闹，小车挨挨挤挤，塞满巷口，花圈排到了村外。赵利民出现的镜头最多，胡子拉碴的脸上，看不出有什么表情。一张碟片快进完，李查德没找到想要的信息。

三

清明前一天，李查德跟着赵利民去了趟洪洞。

在车上，赵利民就给弟弟打电话，说是帮他买两束鲜花。到了市内，拐进一消防器材公司，赵利民说是他家老九的摊子。坐在办公室的人纷纷过来和赵利民打招呼。赵利民坐在转椅上也不看他们，抓起瓜子就嗑，直问老九在哪里。晚上吃饭的时候，老九出现了会儿，喝了杯茶，又着急要走，说还得去应付个客人。

第二天，车往洪堡村走，说是清明去上坟。听介绍，不大的村子，先前竟有三座煤矿。现在都停产了。下了车，赵家老九就问人今天有没有去给树浇树。几个看守坟山的人把两辆洒水车从车库里开出来。赵利民就指着对面的一座山，说那山上全是他们家老九栽的树，雇了四个人常年看守陵园。

原先的煤矿设施也没拆除。赵家的祖坟山下面就是座煤矿。赵家老九一直想把这地方全买下来，都种上松柏，却始终没谈拢，对方认为他保护祖坟只是幌子，其实是想吞并更多的矿山。

光天化日之下，几朵白云飘在不远处。山里安静得很。老九媳妇忙着给众人煮面条。李查德不知该如何插话，只是蹲在院子里逗两只半人高的看门狗。赵利民问老九的女儿想不想当律师，有心的话，他在司法系统可以帮着想办法。小姑娘说不想成天坐班。赵利民又问了些别的，姑娘只是看着手机，也没怎么接话。

吃完面，众人往山上走。李查德也跟在后面。赵利民捧着鲜花，往父母坟前放了一束。赵利民父母的坟前碑座阔大，祭台方正，衬得后面列祖列宗的坟堆单薄。族长一声叫唤，众人双膝跪地。李查德不知所措，站着似乎也不对，便也趴了下去。鞭炮放了半个小时，李查德捂着耳朵退到墓园外。对面的荒山里，也有上坟的人，放着稀稀拉拉的炮火。

随后几天，赵利民叫了个晚辈陪着李查德去采访自己的家人。当地话并不好懂，人人聊起来，多是感激赵家老九，说是平时对他们帮衬不小。李查德问他们对赵利民母亲的印象，都说她心地善良，出了名的孝顺。到了最后，李查德明白了，这真是一个不容易的传统家庭妇女，为了这个家，她完全把自己牺牲了。

回太原前的晚上，赵家老九才又露面，穿条暗灰色的阿迪达斯运动裤，说是辛苦李查德了，带他去洗个脚。进门就有旗袍开衩到大腿根的年轻姑娘问好。老九问，罗老板在不在。姑娘挺得板板正正的，在前面带路，一边喊贵宾三位，一边应答着老九。老九说他平日也没个什么爱好，打麻将输个三百五百都心疼，有那工夫还不如来这里放松放松。老板他也认识，还给了他一个金卡会员。捏完脚出来，赵利民又交代老九，说明天走之前给李查德准备点土特产。老九含糊应了一声。本来还要采访老九，老九说，我妈的故事，哥哥姐姐们都讲了，我就是个总后勤，也没出什么力，你先写吧，完了有什么补充的，我想起来再告你。见老九不愿讲，李查德也不好再多问。

李查德也没做什么修饰，就把谁谁谁怎么说的，谁谁谁又是如何形容，一五一十记了下来。整理完，直接就发给了赵利民。

这天，赵利民打来电话，问怎么把手机微信里的照片拷到电脑上。李查德说，下载个微信网页版啊。赵利民还是不会操作，李查德问他在哪里。打了个车到万邦国际，接过赵利民的手机在电脑上登录了，并演示了一遍。

正说话呢，有人打过来电话，赵利民拿起手机一看，连忙走到里面套间。李查德坐在转椅上无所事事，听见电脑里有动静，点开一看，是狄曼在说话。他慌乱中看了几条信息，也没什么出格的话。鬼使神差地，他点开了她的头像，记住了她的微信号。

提着赵利民给的一大包相册回到家里，翻看了一阵子，又走到窗户跟前透气。楼下，一堆人还在打着扑克。

李查德昏天黑地混想了一回，又沉沉睡去。被尿憋醒，却也没着急起来，摸到手机，一条信息也没有。蹲在马桶上尿完，才感觉有些饿了。

走到厨房看见还有一根已经皱了的胡萝卜，又翻见两截火腿肠，一起切了。孩子们奔跑的欢笑声透过窗户溢上来。盛上饭吃了两口，看见书桌上的电视，起身摁开。看了半集《权力的游戏》，仍是心烦意乱，索性抓过手机，直接就在微信里搜到了狄曼。没头没脑的，他发送了一条请求：

"有没有人说过你脸色绯红的样子好美。"

又等了半天，她没有通过他。半夜醒来，他看见手机上有条未读消息。问他是谁。我是谁呢？仰着头往玻璃窗外一看，只见月色清幽，几颗星星点缀在旁边。他又回了一条信息，说，我是谁不重要，重要的是我在想你。狄曼竟然没睡。她说，无聊不无聊。显然是嫌弃他不是个正经人了。李查德呢，不要脸了，撩逗的劲头上来，摁都摁不住。他又发了一条，怎么会无聊呢？我只知道我现在一点一点想你，只知道想你的时候是真实的。

他通过验证，成了狄曼新的朋友。

四

做完早课，亮光从厚厚的窗帘间隙一点点透进来了。

洗了脸，她敷上黑骑士精华面膜，又跑到厨房打豆浆，热上馒头和红枣。豆浆机时不时地发出低沉的轰鸣。路过餐厅时，她还摁了下 BOLAND 立式钢琴。Mozart（莫扎特）的《A 大调第十一号钢琴奏鸣曲》谱摊开着，好像等她随时坐下来练习。她双腿盘在沙发上，拿起一本《内衣设计》漫不经心地翻起来。好像又有了新的想法，又起身到书房，坐在书桌前画内衣设计图。一个又一个想法飘出来，好像只有这个时候，她才能感觉到真实的自己。

九点多，她懒懒地走进办公室，正说着闲话的同事，却突然闭了嘴。过了会儿，听见开发办主任在隔壁喊她的名字。她以为又是要提醒她上班迟到了。谁知坐在转椅背后的男人也没什么话，只是递过来一份报告，说是有人在举报她吃空饷。

她拿着那两页举报信，回到办公桌前，浑身都在发抖。她想不明白到底得罪了谁。

有一天快下班，她站在窗户跟前，看见分管人事的副书记下来，想着自己是不是应该去找他说道说道。有了这个念头，等到上班的时候，她就站到了书记的办公室门口。通讯员见过她几回，问她有什么事。狄曼看了他一眼，见他眼神不停往自己身上扫描，便把自己的遭遇一五一十说了。通讯员就说，书记太忙，只怕管不了你这么个事。那怎么办呢？通讯员好像也为她的事着急，出了几个主意。虽然没一个主意靠谱，她却被他的热情打动了。

就是这样，吃空饷的事还没解决，她稀里糊涂，成了通讯员的女朋友。好几回，她在他耳边琐琐碎碎地念叨，说自己的问题不能拖了，能不能瞅机会和书记说说。通讯员却支支吾吾，总要把话题岔到别的事情上。再到后来，眼见得男人为难，生怕男人嫌弃，也不好再多说什么。

"那你帮我打听打听，我们单位还有谁的情况和我类似。"

"你要干什么？"

"我就不信只有我一个人有问题。"

这天，正在哪里玩手机呢，想起她这事光自己瞎折腾，完全毫无章法。为什么不找个律师咨询一下？她就在微信里搜律师，一页页翻下去，就看见了赵利民在公众号里发布的文章。连着追了一段时间，她认定他和别人大不一样。便按着他留下的邮箱，写了封求助信。

她是花了些心思的，太突兀地把自己的情况讲出来，只怕他也不会搭理。她说读了他的文章，没想到世上还有人坚持自己的理想。说到理想，她掩饰不住自己的失落。她说她本科念的是外语系，本来在上海一家外贸公司做得挺好，父母却硬生生把她叫了回来。结了婚，因为丈夫家暴，想离离不了，就偷偷考了个研究生，跑到杭州读服装设计。说到县城的不适，她用了个例子，"连个喝速溶咖啡的星巴克都没有"。她甚至提到了外婆。当年生活在乡下的外婆，做梦都想去县城一趟，外公却反复说，你去了，谁帮你喂羊？服装设计读完，丈夫倒是同意离婚，她却还是没有能力甩掉县城生活。这一年母亲病了，她只好回来，还是前夫帮她找下的那家单位。她挑挑拣拣地说了一些，然后就把事情转到了正题上。就因为读了三年研究生，结果被人举报，说她吃空饷。单位里不上班的人多去了，怎么独独把她拎了出来？她想不通。

　　起初，她每天都会看一眼邮箱，或许平日里她跟人联系少，连封垃圾邮件都没收到。然后，她就有些气馁。是啊，谁会把她的这点麻烦放在心上？谁知过了两个星期，赵利民竟然给她回了一封信。他先是抱歉了几句，说最近为一个谁都知道要败诉的案子奔忙，都没顾上上网。当然，狄曼也看出来了，男人在信里掩饰不住兴奋，说没想到随意写下的案例，竟真会有人读得如此认真。关于她吃空饷的问题，他也没提到具体的解决方案，只是说到了形势的变化，最有自尊的生活莫过于自立自强。

县纪委又来查了两回。单位内部也差不多达成一致意见，狄曼就是吃空饷的典型。狄曼坐不住了，径直闯进办公室找了回书记，书记没给明确答复，只说这样的事组织会调查清楚的。她又去找组织部，把自己的请假手续都给了过去，也没什么结果。要处理她的消息同事都知道了，每个人看她，神情都像是模棱两可，带些不怀好意。

她完全没想到事情会发展到这一步。要是由着别人这么随便拿捏，哪里还能活人？她没多考虑，就坐在电脑跟前，原原本本把自己的情况写了封公开信发到了百度贴吧里。生怕分量不够，又把听到的单位内幕，有名有姓地，全附了上去。

没过两天，上级纪委也介入了。调查了半天，给出的意见是，她的情况够不上吃空饷。狄曼在自己的公开信里写到自己那两年因为离婚、父母生病，接二连三的打击导致她抑郁。生怕人不信，还把去山西省精神卫生中心的单子也附上了。单位人都知道不能轻易惹她，主任还特意交代，单位也没什么事，她完全不用天天坐班。只是狄曼好不容易才摆平这件事，怎么能再给人留下把柄？她每天去得比谁都早。尽管没人给她安排事情坐，她还是规规矩矩地坐着，要么看看设计的书，要么戴着耳机看电影。她兴奋了一段时日。人一闲，也容易发慌，可又能干些什么呢？她念的是外语，是设计，可现在，她陷在虚妄的执念里，竟然想着要和这么一帮人斗个输赢。太糟糕了。

"我喜欢法国女人，她们忠于自己，优雅中带着随性。怀孕了，就是怀孕的模样，老了，就是岁月爬上眉头的模样。"那是二○一五年三月，巴黎埃菲尔铁塔前，上千个女人跳着热舞，把内衣抛向天空。好多女人的身材并不好看，却是真实的自己。为什么不能做自己？

在给赵利民的信里，她说她终于明白自己要做什么了，那就是做一款满足自己的内衣。赵利民好像不太习惯和人讨论女性内衣，不过他的话里仍然在暗示，说他简直想象不出来她穿上一款那样的内衣是什么样子。狄曼却没有按着他的思路往下走。她说她现在穿的是一件特别简单的白T恤，隐隐还能看见黑色蕾丝内衣，肩带露在外面。她说，难道穿成这样，你们男人也有兴趣吗？明明随性又慵懒的话，她却表述得一本正经。比起取悦男人，她坚信取悦女人自己更重要。她还飙了一句英语：The most elegant thing is to be yourself.

赵利民也像是被她的郑重其事震住了。他说没想到她会有和他类似的想法。他说他平日里说是做律师，为原告和被告的事四处找人，尽量把当事人的麻烦降到最低。但人只要一惹上官司，怎么可能少得了麻烦？连他自己也成了麻烦的一部分。好多夜晚，他醉醺醺地回到家里，冲完澡，看着镜子里日渐隆起的肚皮，吓人的黑眼圈，不由自主地哀叹：

"打官司的人越来越多，虽是挣了些钱，问题是，怎么感觉自己越活越可悲了呢？这就是我想要的生活？"

大概是好不容易找到了共同话题，一来二去，两个人的信就越写越长。她讲她平日的生活，说她爱读经，钢琴也过了十级，处处都昭示着，她是个热爱生活的女人。她一个人，也活得有板有眼。他呢，说工作的苦闷，厌烦了，也跟朋友们徒步穿越库布齐沙漠，看秋天的胡杨林。聊了那么久，谁也没提见面的事情。终是她忍不住，说，过两天准备去太原看个朋友。赵利民过了几天才回复，很不情愿的样子，说，好啊，好啊，来了随时联系。

怎么联系呢？他不知道是故意，还是因为事情太多，电话都没有告给她。

五

"只有这些吗？"李查德总是这么问她。

"那你认为我和他还应该发生些什么？"狄曼脸色一变。

说些好听的话都来不及，干吗非要揭人的短处？但事情就是这样，开始的假装吃醋，演变到后来，就无端蒙了层狰狞。李查德生气的，也不知道是女人的无谓态度，还是为自己的窝囊。说起那段经历，没有一点羞愧也就算了，当他表现出一点嫉妒，她居然还要为赵利民维护。

女人卧在另一张沙发上看书，李查德凑过去。狄曼说，别这样，我们就不能安安静静待会儿吗？李查德说，你不知道时间有多宝贵。他话是这么说，却也生怕惹恼她，便退回来翻沙发背后那些厚重的时装设计。中间夹着一本库切的《凶年纪事》，他没怎么读进去，倒是被其中一句话勾住了："耻辱是突然降临的，一旦它找上某人。"他看了眼狄曼，女人盘着双腿，板板正正地坐在沙发上。他又捡起奥修的《禅宗十牛图》，复印本。狄曼说是淘宝上买的。也不知是不是无聊，李查德竟然读进去了。廓庵禅师说："在这个世界的原野上，我不停地拨开高高的草丛寻找公牛。"他拿起手机百度了半天原诗，发现还是喜欢翻译过来的版本。他原先读些社会学、人类学、历史，野心勃勃地，好像要穷尽人类的智慧。等到年过三十，记性越来越差，每一本看过的书都像从没翻过的一样，他开始感到恐慌。这回坐在狄曼的房子里，读起经书来，百感交集，想着，这么多年，他都干了些什么？

"佛经没有你想象的那样消极。你要是认为这样就可以逃避现实，还是误读了。"狄曼像是听见了他内心的狂乱。

"你说为什么近些年来我认识的人不是父母信佛，就是自己皈依了？"

"说明你跟佛有缘。"

"那你是更喜欢佛还是我？"

"这怎么能比较？我从来没有像爱你一样爱过一个男人。李查德，你不知道……我多爱你。"

李查德突然笑起来。狄曼问他笑什么。李查德说："你读过福楼拜的《包法利夫人》吗？包法利夫人最后破产，万般无奈，又去求从前的情人罗道耳弗借三千法郎，说的话和你一模一样。"

"你的意思是，我和她一样，也是在卖淫？"

"天，你怎么会这么想。"

"我算是看明白了，李查德，你成天说些阴阳怪气的话，就是故意虐待我。你是算准了我受不了这些话，所以才故意含沙射影地攻击我，对不对？"

"我只是在和你聊天，在和你分享些我读过的书。"

有一回，两人差点谈到了未来，她说她去昊天寺专门问了师父，师父知道她的心事，专门送给她一句话，空想都是妄念，行动才是正道。她本来是要好好规划一番接下来的生活，李查德的话却彻底败坏了她的胃口。

"所以你就只身跑到太原去找赵利民了？"

"他是我生命里一个重要的人，但不像是这么爱你。"

"爱？别上这些大词好不好？你不觉得我们这么大年纪的人，动不动就把这些词挂在嘴边，也挺膈应人的？"

"你滚，你把我操了，我还敢说爱你，你呢？你一句承诺没有，反倒嫌弃我，你到底想怎样？"

"我想知道他到底是个怎样的人。"

"你不知道吗？一个有正义感的律师。"

一个律师。还有钱。还有正义感。趴在狄曼的身上，李查德看着女人快要垂到地板的脖子，不知怎么又涌起更多的挫败感。他明明知道赵利民对他也不错，可就是无法消除没头没尾的嫉妒。事后，他没来得及听女人说话，就稀里糊涂地睡了过去。

醒来的时候，天色完全黑了下来。狄曼说她做了一个奇怪的梦，她赤裸着身体在庙里奔跑，那么多僧人来来往往，低垂双目，没有一个人想着借给她一件僧袍让她遮羞。说完，她好像不放心，又拿起手机百度，想知道做这样的梦到底有怎样的象征。

李查德本想着现实的威胁只有一个律师，没想到占据她心灵的还有无所不在的和尚。他躺在两米乘两米二的实木床上，心慌意乱。到底了无睡意。又穿过几十平方米的客厅去厨房喝水。除了尽量在床上折腾她，他对她一点把握都没有。平日里，为配合她的吃斋念佛，他也表现得事事看开，好像衣食够用即可，内心里，只有他能清醒感受到那种焦虑。他向往有钱人的生活。他从没和她说起过，好几回赵利民出差回来叫他吃饭，赵利民去上厕所，让他帮着提一下包，他透过没拉紧的拉链，看见里面全是一捆一捆的百元钞票。他简直想不明白，同样是人，为什么人会活得这样天差地别。

女人并不知道黑暗里他的真实想法，还在那里翻着手机，说梦见和尚是吉兆。李查德说，你光着身子在庙里奔跑，说明你为了追求信仰，想挣脱现有的枷锁。

"什么是我现在的枷锁？"

"男人。俗世中的感情？"

她白了他一眼，说："什么啊。"

"你不想到太原去吗？"

"你是说让我放弃现在的工作？好不容易斗争，才得到现在的一切，你让我就这样跑到太原重新开始？不是跟你说过嘛，给我点时间，等稳定下来，就去太原看你。"

"我知道。我理解的。我只是觉得悲哀。我要是像你认识的那些男人一样有钱。"

"不，你有钱了就不会在乎我了。我不需要你有钱。我对这些没什么欲望。"

两人说着一些没边没沿的话，每一句话背后的意思，都要据理力争，好像不这样，就显示不出他们的认真。

下午两人一直在做爱。死睡了一大觉起来，天色已经暗了。两人就喝了碗稀饭。狄曼问想不想出去走走。李查德说，你不累啊？这么好的时间，干吗浪费体力，安安静静地待在家里不好吗？狄曼白了他一眼，好像完全不相信他是个能安静下来的人。

出了门，狄曼直接到了地下车库。李查德说，不是走路吗？狄曼说，我带你出去兜兜风。白天的时候我很少出门，晚上烦闷了，就出来开着车跑一圈。

到了火山口下，在并不平坦的乡间小路上跑起来，狄曼把车速提到了一百。李查德双手紧紧把住拉手，直喊慢点。狄曼说，怎么，你不相信我的技术？李查德说，大晚上的，在这路上飙什么车啊，多危险。狄曼说，我就是喜欢在谁也看不见我的夜里透透气儿，尤其是把音乐开到最大，在这路上跑两圈，整个人好像都不一样了。说着扭开音乐播放器，哼着《My Way》的曲调。李查德说，有个男人陪着你更安全。狄曼没多话。李查德说，有时候我特别讨厌太原，不管去哪里，只要不在太原就成。狄曼看了他一眼，好像在琢磨他是不是话里有话。她说，不会吧？我也讨厌大同，我们都这么讨厌自己生活的地方，下一步该怎么办呢？

李查德好像也被这个问题难住了，只是去抓她的手。车里的音乐开得很大，李查德深吸了口气，感觉心脏快要爆裂了。

回到太原后，狄曼从没有主动和他联系过。倒是李查德一天一个电话。有回拨了半天，对方还在忙。李查德一

下子慌了,不停地拨。又过了半个小时,终于打通了,他问:

"和谁说话啊?讲这么久?"

"能和谁说话?我妈啊。我妈身体不好。"

"还以为你又谈恋爱了。"

"你说话怎么怪怪的,谁又招惹你了?"

他本来设想过和她的婚姻,只是现在,他又泄了气。他一想到她并没有对他说实话,处处都在提防他,更是恼火。但他又没法儿发作出来,生怕她看出他的狭隘。他处处在她跟前展现的都是一个明白人的形象,一个与世无争的人,为的就是要与她的信仰相配。他怎么好意思隔着几百里的时空和她争执?

周末几个朋友喝了酒,说是要去东山爬爬山。走着走着,就到了赛马场。李查德说,上去喝会儿茶吧。本是顺口一说,不曾想其中一个哥们儿喝多了,说,好啊好啊。进了门,见家里地板如此干净,他们还纳闷,说,没想到一个光棍的家里竟然收拾得如此干净。另一个走到他的书房转了转,看见红色相框里狄曼的照片,又问,这是谁啊?

"我女朋友年轻的时候。"

"我操,你才分手多久,就又搞了一个。"

"不要说那么难听。"

"来让我们看看你女朋友现在的样子。"

李查德把手机递了过去。朋友还说，唉哟，还开着JEEP呢。李查德却忙着解释，那是她自己的车，一个代步工具而已。送走朋友们，李查德也没急着回家。楼道里邻居养的小鸡还在发出声响。这个搞装修的邻居总是养着什么东西，先是养了条狗，李查德每天回来，它都狂叫。再后来，又生了第三胎。他们好像什么都不怕。装修的东西堆满楼道，完全把这不宽敞的空间当成自留地了。他轻轻合住门，又拿起狄曼的照片看。那是一张年轻的脸，如此姣好单纯，完全想象不到她接下来会遭遇到那么多变故。他也一样啊，年轻的时候，满脑子都是幻想和梦，以为自己的生活注定与众不同。他不记得曾经的决心，也忘了打算成为一个什么样的人，可以肯定的是，绝对不是现在这副模样。

酒醒后，李查德还挺惭愧，想不明白自己为什么要急着解释。难道是怕被别人看出来他就是一个见钱眼开背信弃义的人？一想到自己并不是真的喜欢狄曼，而是带着那么多的欲望和目的，他对自己又多了几分鄙视。

六

要不是狄曼跑到太原来，赵利民以为也就这样了。

他陷在这乏味的生活中，就像流水线上分拣的土豆，由着机器筛选。过去他一直不太明白，为什么孙改兰明明厌恶财务工作，却偏偏干了一辈子。现在，他好像反应过来了。费掉大半辈子干一件自己并不喜欢的事，比起随心所欲地满足自己的梦想，是不是要更勇敢些？或者也不能说是勇敢，那些责任、隐忍和牺牲，不也是我们生命的一部分？类似的念头起来，他只是觉着麻烦，还不如去打台球，还不如找人喝几瓶啤酒。

狄曼说她已经到太原了，想到他单位见一面。当然，她用的不是见面，而是特别书面化的词："晤面。"好像生怕他多心，还说并不是专门来见他，就是想着他和祁可在一个办公室，想着毕竟也通过信，正好见一面。他暗暗心惊，没料到她还认识祁可。

老远看见白杨树下站着一个姑娘，差不多有一米七，藏青色风衣，里面套件暗紫色打底。赵利民说，你是罗蔓吧？她像是有些委屈，说，你把我名字都忘了？我叫狄曼。赵利民匆匆说了句抱歉，就把她往办公室领。她坐下了，也没什么铺垫，他递给她水，她接得自然而然。能聊些什么呢？无非是问问她的工作，内衣设计工作室准备得怎么样了，最近有没有去北京听音乐会。等到祁可来，他才放下心来，走进自己的办公室松了松皮带。

两个女人聊得好像还挺开心，那种快乐的笑声隐隐渗过来。她们竟然有那么多话说。临走之前，狄曼又拐进来，大大方方地，扫了他的微信。

期间两个人也聊过几句，也是不痛不痒，无非是他看到有意思的话题分享给她，她呢，读到有趣的文章也会和他说一说。有一天在方正国学传播公司喝多，他捡起李查德写秃了的毛笔，画了几笔王维的《相思》，拍下来，顺手发给了她。狄曼像是懂了他的心思，说有空一定还会再去太原。他肯定对她有了别的想法，平日里受到的刺激，孙改兰的种种不是，都说了出来。他以为她就是希望，什么都可以从头再来。

"想你，怎么办？"

她回了四个字：那来看我。连个标点符号都没有。

赵利民却犹豫了，说：怕弄得你不好。

"什么意思？"

"怕影响你的正常生活。"

"有你正常，没你无常。有你没你，都是妄想。"

像是打哑谜了。他贼心不死，又问，"你想找个什么样的男人？"

"不知道呢？看命运让我遇见谁。"

"我怎么样呀？"

"很好啊。看哪里都顺眼，哪里都有味道。"

"你是希望我做下错事吗？"

"我只是静待一切事情自然地发生。"

挂了电话，他就给孙改兰打电话，说是新接了个案子，得去趟大同。在卫生间洗完脸，他抬起头看着镜子里的自己，印堂发黑，没有一点精气神。他挤了挤眉头，又洗了把脸，好像不管不顾。

开车太慢了，要不是拉了个顺风车，有个比他小几岁的女人坐在旁边不停说话，时间更难打发。女人说了些什么，多数漫漶，了无印象。看着窗外黄中泛绿的山野，他只是暗暗惊讶，几十岁的人了，竟然还跟个不经世事的年轻人一样。

狄曼在高速路收费站出口等着。见赵利民出来，还不太好意思，扑闪着大眼睛说，刚刚好险啊，差点撞见我们领导，他好像也刚从太原回来。他要是知道我接另外一个男人，没有去上班，可能会找我的麻烦。赵利民笑了笑，说："他都翻脸不认人说你吃空饷了，你还怕他？"狄曼没接话，只是在前面带路。她的车停在不远处。

她特意带他绕县城转了一圈。到了乡间的路上，她告诉他，为了拖延回家的时间，总会尽量避开熟悉的街道。好像无意撞进的原野就能让她暂时忘却烦恼。他不太能理解她的苦衷。现在，看到大片大片的杏花，好像就为迎接他似的。他好久没有这么放松的感觉了，一切都特别地新奇。

进了门，坐下来喝了杯水，赵利民才看清一百三十来平方米的房子里，空荡荡的。墙上到处都是她几年前画的水彩画，一张一张，贴满了电视背景墙。她说有一段时间，无事可做，就照着安德鲁·怀斯画画。她的画还不错，至少在他这个不懂画画的人看来，意境啊色彩啊都挺炫。只是这些画，边角卷曲，随时都要零落一地的样子。看得出来，这是一个无心收拾，时刻准备逃离，也不怎么热爱俗世生活的女人。

两个人聊天，东一句，西一句，既没有开头，又没有结尾，就像六月的风雨。赵利民其实是想抱一抱她。他想着或许这样，就能让她和他的关系更亲近一些。可他只要往她旁边一坐，狄曼都会躲开。

天一点点暗下来，狄曼站起来去拉窗帘，这回，他抱住了她。他嘴凑上前去，她却向外昂着头，一副凛然不可侵犯的样子，说：

"别这样，这样不好。"

能怎么样呢？到了这个年纪，赵利民早就没有激情非要去勉强一个女人。何况还是在她的家里。那就严肃地正经地坐着吧。两个人说了些什么？好像什么也没有说。谈了一些没边没沿的话题，从美学，说到人的自杀。终于快到十点，才把这最艰难的时间搪塞过去。

"累了吧，累了你就睡吧，你睡另外一间房子，平时我爸妈来也睡那里。"她忙着去铺床。

赵利民说："我自己会铺的。"

她好像才反应过来，说："是啊，我又不是你老婆，干吗给你铺床。"

赵利民听了她的话，在黑暗当中脱得精光，躺下。想，这样也好，这样也好，波澜不惊，总算是来看过她了，看了然后什么也没有发生，明天直接回太原，一切，就是这样。

隔着门，他能听见她的声响，听见她洗涮，能看见房间透出的光亮。听到她又跑去厕所，冲马桶的声响。迷糊中他还动过歪心思，想，大不了，晚上再起来，就装作走错门，再进她的房间。那样犯浑，好像能为自己辩解一下。正没边没沿地胡思乱想呢，听到狄曼喊：

"赵利民，你还是过来睡吧。"

开了几个小时的车，又很机械地和她说了半天话，身体早就累了。可他不能不去。他要不去，岂不是显得太不中用了？他径直走了过去。她坐在床上。他的嘴找到了她的嘴，他的手找到了她的胸。这一次，她没有说她不喜欢这样。她什么都没有说。他的身体找到了她的身体，两个人都忘了眼前的问题，好像拼命获得的性爱可以暂时缓解他们精神上的痛苦。

早上起来，狄曼说要带他去看县里的风景名胜。她说，我们这里是小地方，也没什么可看的，你别抱太多期待。赵利民说，和你在一起，去哪里不是风景呢？狄曼认真看了他一眼，说，这嘴，甜得都齁了，套路了多少年轻姑娘？她也没听赵利民回答，兀自哼着歌往地下库走。

去的地方就是昨晚准备上山的地方，昊天寺公园，火山口上。她说在那里可以找到他的师父，就是她信佛的师父。山脚下各种花都开了，大蓬大蓬的桃花、海棠、梨花。

赵利民走路的步子也轻快了不少。还有中年女人挎着篮子，在草地里找野菜。两个人走了一圈，快到昊天寺，一个小男孩在阶梯上努着嘴吹肥皂泡。泡泡那么大，竟然飘到他俩跟前。狄曼用手去托没托住，还差点绊倒。赵利民抓住她的手，说：

"快看快看，泡泡里能看见我们。"

话音刚落，肥皂泡就落到了地上，连点水印都没留下。进了庙门，狄曼挨着在每一尊佛跟前跪拜了一圈，出门见赵利民趴在那看碑文，便问：你说那些充军发配到此的犯人天天往这上面运石头不累吗？赵利民说，这简直就是阿尔贝·加缪在《西西弗的神话》写过的场景啊。我以前也不明白那个搬石头上山的西西弗到底怎么啦，可看到火山口这座寺庙，又好像有点理解了。他好像不是证明自己随便一说，又掏出手机百度，找见一段话给狄曼看：

这个从此没有主宰的世界对他来讲既不是荒漠，也不是沃土。这块巨石上的每一颗粒，这黑黝黝的高山上的每一颗矿砂，唯有对西西弗才形成一个世界。他爬上山顶所要进行的斗争本身就足以使一个人心里感到充实。

狄曼说，你看书真多。赵利民说，瞎看呢，李查德你还有印象吧，有事没事喜欢给我推荐。也没工夫多看，不过是翻点名言警句，看到他人对自己的生活有所反思，好像整个人也能暂时从繁杂的法律工作中解脱。你想想，人不停地繁衍，不停地重复，到最后是在图什么？狄曼说，也不是等到最后才有所企图，人活着不是享受当下每一天吗？想什么终极，多累啊。赵利民说，你比我觉悟高。

到了后山，赵利民双手捧在嘴边，大喊了一声。不远处像是有人在回应，也喂喂地传过来。

正是五月，藏青色的山岚铺排得无边无际。偶尔一片阳光从云层里漏下来，打下一地金黄。远远望去，县城一览无余。狄曼寻找着她住的院子。她没想到平日里感觉挤挤挨挨的县城，才这么大一点。

狄曼说，去年你突然不理我，困惑得很，就去问师父，为什么在两个人聊天聊得很愉快的时候，突然就把我拉黑了。这个男人为什么要如此对待我？师父问，你们信里写了些什么？她说，也没什么，就是寻常的话，可能也有一点点暧昧和一个女人对一个男人的倾诉在里面。师父就说，那你去太原找找他啊，有时候缘分是需要你主动一点的。她说，我们肯定是有缘分的，要不然怎么会这么快见面，又这么快在一起呢？赵利民听得心惊，他没想到，她竟然把所有的一切都坦白给了一个陌生的和尚。好在这念头也是一晃而过。烈日下，他听着她慵懒地讲述往事，好像曾经的事情竟经历了这么多波折，真的有了传奇中爱情的模样。甚至，他还喜欢她用佛法解读，好像这样一来，他和她的行为就显得不是那么疯狂。

七

靠街楼房两三层，被推土机一铲就挖垮了。

满天烟尘过后，露出房间的内部，如同屠宰场开肠剖肚的牛羊。捡垃圾的不要命了，拿着氧气罐正忙着切割水泥砖块中的细铁丝。一扇破门上，红色的对联只剩下一半：国泰民安家康健。三楼的柜子里还有粉红色的暖壶，卧室里的紫色壁纸像是刚贴不久。有一家竟然连巨幅婚纱照都没有带走。晾衣绳上，大红鸳鸯图案的床单还在风里缓慢飘摇。李查德说，有时候不想做饭了，来这里吃碗羊杂，买点狗粮，方便得很。现在呢，这些人全被赶走了。

男人还在说话，狄曼却看见楼上几十米长的白布上写着一行黑色大字：强烈抗议强拆，誓死保卫家园。条幅还在，抗议的人却不知道去哪里了。唯一还在坚持的，就是楼角收破烂的一家人，大大小小的袋子塞得鼓鼓囊囊，都堆到了街边。乱七八糟的砖石把临街一棵泡桐刮得白皮外露，紫色的泡桐花仍是不管不顾地迎天怒放。楼下红色的"拆"字旁，写着一行歪歪扭扭的字：足疗店往西五百米。狄曼说，你平时来这里只吃羊杂吗？李查德回过头看了女人一眼，像是在揣摩她话里的意思。

拐进崇善寺，先前的嘈杂完全不见了。

进到大殿，狄曼挨着佛像跪拜。李查德看了会儿，就去了客堂那边。他坐在五观楼下，听屋檐下风铃阵阵。他举着手机，想录音，却只听到风声呼呼。狄曼过来，问他在干吗，举着个双手，怎么看都像是在投降。李查德一笑，说，这寺庙唐朝时候叫白马寺，明朝朱元璋儿子晋恭王朱㭎为纪念母亲，才扩建成现在这个样子。狄曼也拿着相机拍了几张照片，嘴上不忘应答，说了句是不是。

转出来，却见一个女人在庙门口脱开了裤子。女人骂骂咧咧的，好像是说庙里的和尚欺负了她。庙里也没人出去制止。几个穿蓝布长衫的僧人似笑非笑，说这个女人不知道被哪里的和尚害了，跑到这里来寻人晦气。狄曼心惊肉跳看了眼女人大腿根部，不知道是害怕还是别扭，拉着李查德往出走。路过女人身边，又脱下衣服，试图盖住裸露的女人，疯女人却尖叫着躲开了。狄曼拉着仍回头看热闹的李查德，说，怎么会这样啊，快走吧，郁闷死了。

出了巷口，李查德还说，肯定庙里的和尚欺负了这些善男信女。狄曼说，你凭什么就说是僧人们欺负了她？一个女人发疯，难道非要别人欺负她才会做出这么变态的事？

李查德说，那你对林奕含怎么看？

狄曼说，这能比较吗？我认真看过一段她的采访，她说，为何我苦苦挣扎着试图保持知、觉、行的一致，而你们这些混账老男人却不需要，你们学到的东西从不触及心灵，说出的话就像放屁，对他人造成的伤害从不细思，整个人活得支离破碎，自相矛盾，造孽无数，却还喜滋滋地把这些当作自己的人生成就？我要是总结是不是也应该说，男人都不是什么好东西？我不会那样说，我知道如果真有那样的遭遇，是应该站起来反抗，而不是认同你们腐朽甚至是疯狂的价值观。

李查德瞥了一眼狄曼，发现她说话的时候虽然语气笃定，嘴角下撇，脸上却没有任何表情。有一阵子，两个人没说话。狄曼本来牵着他的手，不知什么时候放开了。

他们抄小路，试着尽快回去。

刚从涵洞里走出来，一个男人气咻咻往前冲，后面一个姑娘哭着撵过来，还叫唤："杨武你给我解释清楚。"男的看都没看，顺手就是一巴掌，打得姑娘偏过去两步才站稳。李查德还没反应过来呢，狄曼已经冲上前去，不停地喊道："小伙子你要干吗？你松不松手？不松手我报警啊。"男孩说："这是我老婆，我是她老公。"

　　"我不管你是老公还是老母，你打女人就是不对。"

　　男孩往后退，想从围观的人群中躲出去，边退边说："和你有什么关系？你管不着。"

　　"嘿，今天这事儿我就管定了。不信你再动手试试？你信不信我？我报警！"

　　李查德去拉狄曼的手，却被她甩开了。

　　"她太不给我面子了，我说任何一句话，她都让我闭嘴。不是一回两回了。"

　　狄曼说："你不要辩解了。你一个男人，你打了人，就是你不对。对一个路人都不能这样，何况还是天天和你在一起的女人。"

　　男孩眼中闪出一丝寒光，手往兜里掏。李查德见那年轻人长相不善，怕节外生枝，不停扯狄曼的衣服。狄曼纹丝不动，又说了半天。围观的人也附和狄曼。狄曼说："真想不到现在的小年轻，怎么敢下这样的狠手。"又扭过身来继续说：

"我跟你说，年轻人，当年我老公没少打过我，我忍不了了才和他离婚，你要这么对女人，将来你女人死了心了和人跑了，你就好好哭吧。"

男孩听见狄曼嗓门高，更多的人在往这边聚拢，才松开女孩的头发。他整了下眼镜，好像还气不平。狄曼又说，你快把她扶起来，这么脏的地。男孩又去搂地下的女人，女孩仍是尖叫，不让男人碰她。

等到男孩走了，狄曼才问身边的姑娘住在哪里，要不要给她父母打个电话。姑娘说，平时两个人说笑惯了，谁知道今天就动了手。她一副被打傻了的样子，站起来，不忘拍屁股上的灰，也没说个谢谢，又跟着往男孩离去的方向走了。

"你知不知道，刚才把我吓坏了，你是没见那男孩在兜里掏什么。我敢肯定，那是一把刀子。"

一列白色动车呼啸而过，淹没了李查德的后半截话。

天色完全黑了下来。满树盛开的泡桐花在影影绰绰的灯光里闪现出紫色。两个人虽然还是你一句我一句地说着话，李查德却是走神了。李查德好像这才认识狄曼。他原以为她离过婚，早就自暴自弃了，没想到她还是这么讲求原则的人。他知道，别看他平日虚张声势，偶尔还仗着她的好脾气，挑剔她白色的发根、眼角的皱纹，甚至连她做内衣，弹琴诵经，也要带出几丝嘲讽的语气，其实，她和他不是一路人。现在，他甚至结结实实地感受到了什么是窝囊。他摸着下垂的肚皮，不由一阵羞愧。

冲完澡，见狄曼穿着平脚底裤歪在沙发上，李查德直喊，天，怎么窗帘也不拉？对面的人全看见了。狄曼说，怕什么，我又没做什么见不得人的事。

李查德听了，又扭了扭脖子。在地上做了几十个俯卧撑，喘着粗气，往她身上爬。

狄曼说，你有没有发现，我们在一起，除了上床，就是上床，跟真正的奸夫淫妇没什么区别？李查德说，你怎么能这样定义自己呢？我们明明是先有精神交流，才有了后来的一切，好不好？说完，他像是表明自己是真的体谅她，不停地摸着她的头发。

"我只是验证下这么多年为你保持的童贞有没有点效果。"

"你恶心不恶心？你说白了就是嫌弃我结过婚。你跟那么多女人上过床，居然还这么恬不知耻。你知不知道我们这样未婚同居也是邪淫？"

"唉，我说的是马尔克斯《霍乱时期的爱情》中的桥段。一个老头喜欢一个女人，为了她，一辈子没结婚，没结婚不等于他没有性生活。老了，两个人终于在一起，老头说他为了她，保持了童贞。"

"你的意思是到现在你的精神还没被人操过？"

"操，你一个信佛之人能不能不要动不动把这些动词挂在嘴边？"李查德好像严肃了。

李查德说："不行我们结婚啊？"

"结婚？你连个婚都不求，你是不是以为我是个二婚就得白送给你？"

李查德也不接茬，还不尴不尬地笑，说，我们这样的生活真像是老夫老妻了。李查德还在那里说他的懦弱，见周围的人得名得利在网上蹦跶，他也羡慕，却又不得其法。他甚至还在公司里成立了党支部，上面要求总结先进典型的材料，跟进"两学一做"的宣传，他也会全身心投入，甚至得到几句表扬说他做事认真，他也会拿出来和人说个没完。只是私底下，他又喜欢说些不合时宜的话，故作清高，好像鄙视他们，就能获得心理平衡，就能把他从苟且的人群中区隔开来。他渐渐成了个气急败坏的人。他说起对未来的恐惧，好像日复一日毫无变化的生活让他不堪重负。他渴望过有价值的生活，却不知道如何去实现。他甚至都没有怎么去努力。空虚时，只是没头没脑追逐女人，至少认识她的动机就带有非分之想，以为她会是他生活的一条出路。

"我就是想挣点钱，可以让我，让我们过上更好的生活。"

"我都经历了一次失败的婚姻，几段不靠谱的感情，我渴望的是一种不需要法律约束的关系。如果我们真的能好好相处，肯定不是因为法律把我们束缚在一起。"

狄曼说了一半，她好像被自己的想法吓着了。她没有对李查德说实话。他的焦虑、他的懦弱，都让她想到自己。她想起先前和赵利民好的时候，赵利民应该也反复权衡过吧。

好在李查德只是翻着手机，并没有意识到她在说些什么。在灯光底下，她这回清晰地看到了他黑亮的脸，满是烟垢的牙齿。后来她想，也许她放弃他，就是从那时候开始的。

八

赵利民惦记着去大同，一宿也没睡好。

天还没亮，就去冲凉。等到天色一点点明亮起来，又光着身子去阳台，等太阳把湿漉漉的身子晒干。从岳父的房檐下搬出来后，几十年了，每天早上，赵利民洗完澡总是喜欢去阳台，顺手捡起一本曾国藩的《经史百家杂钞》，或者《史记》，大声诵读。书里讲的什么意思，他也并不在意。孙改兰起初受不了他的怪癖，等到他解释，说是为了锻炼自己在法庭上的口才，这才慢慢接受。眼见赵子腾一天比一天长大，他早上洗漱完还是要去阳台念书，到底没敢脱个精光。又过几年，赵子腾上了大学，赵利民又放肆起来。孙改兰没少说过他，嫌他几十岁了，也不要脸。肚皮耷拉下来，都看不到鸡巴了，也好意思对着满天日光显摆。赵利民听了，也不生气，只是叹气，想着女人到底是从什么时候开始说话夹枪带棒，连点女人应有的羞耻之心都没了呢？

到得雁门关服务区，他想着得提前给狄曼打个电话，突然闯将过去，万一打扰到人可怎么办？不曾想，狄曼却像是做了什么得意的事，在那头哈哈大笑，说，我就在太原啊，在你家楼下。赵利民说，不是说好我去看你吗？狄曼却在电话里不停坏笑，说，我就是想看看你爱人长什么模样，刚刚我敲门，她给我开门了。和你描述得完全不一样，她保养得挺好的。

赵利民像是掉进了深不见底的火山口，惊起满天蝙蝠在他脑中乱窜。

"你们说了些什么？"

"没说什么，我就问问你们这个月的煤气该交费了。你们在家做饭的时候挺多嘛，一个月走那么多字。"

"一点都不好玩，你太疯狂了。"

"怎么，你害怕了？"

"我的事情我会解决好，干吗把她牵扯进来？"

"呀，我看出来了。你还是爱着她。"

"这和爱有什么关系？你越界了你懂不懂？"

"我知道，我知道。赵利民，你不要生气。我是在太原，我哪里有胆量去找你爱人？我一个人可怜地在这吃王萍面皮呢。"

回到太原，已是下午。接上狄曼，赵利民也不说话。狄曼问，还生气呢？说着手放到了他的大腿上。赵利民说，这样一点都不好玩。狄曼说，哪个女人不喜欢看后宫戏呢？

我们天生就喜欢把自己当成受害者。我也不是喜欢当受害者，问题是正好遇见这一出，我要是不这么表演一番，感觉自己不像个正常的女人。赵利民叹了口气，说，都是我不好。狄曼说，你别这么说自己，你要是不好，岂不是又在鄙视我没有眼光？赵利民看了眼狄曼，问，怎么穿这么一件衣服？狄曼看了看自己一身黑色蕾丝，问，不好吗？一般是重要场合我才穿的。赵利民问，你这回是准备参加什么重要场合？

"准备去你家看看你爱人啊。"

前面的出租车司机别了他一下，赵利民恼火得不行，一脚油门上去，快要蹭到车尾，才刹车。狄曼双脚死死抵住。赵利民反超了对方，又骂了两句，气才顺过来。狄曼说，开车赌什么气啊，万一出了事，难受的还是自己。两个人都没有谈未来的事。他还专门解释他的车，说别看这么不起眼，好赖也是 Acura RLX，性能好。说到了他的车，男人的兴致才渐渐高了。

赵利民开收音机，说，听首歌吧，上回你带我满大同转悠，一路上放的《My Way》我很喜欢，回来就让祁可给我下了五首，轮番播着听。他好像这么说，她就能理解他对她的在乎。狄曼却仍是无动于衷地看着窗外。随着苍凉

256

的旋律飘出来，气氛似乎正在缓解。

到了解放路，赵利民说，一起去万达看个电影怎么样？

进了商场，赵利民说，给你买身衣服吧，还是休闲点好。

等狄曼换上PORTS的棉布裙子，赵利民捉住她的手，又往四楼电影厅走。

看完电影出来，见对面一座老房子，狄曼问是什么地方，赵利民说是教堂。两个人也没说要去，脚却拐到了那个方向。一对年轻人在教堂跟前拍婚纱照。他们观望了一阵，又走到里面坐了坐。还不到弥撒时间，也有一些人安安静静地跪在那里。有一年平安夜，赵子腾还带着孙改兰来过一回，说在教堂的感觉如何好。赵利民当时在吕梁帮人打官司，根本没把妻儿的话放在心上。他翻开座位上的一本《圣经》，看了几页《箴言》，却见狄曼走到前面弹开了钢琴。房间里走出一个女人，对狄曼说，这里只能弹颂歌和赞美诗。狄曼讪讪地走回来。

出门时，赵利民说，人总得信点什么，他要不是年纪大，也能对自己狠下心，到了这个岁数骗不了自己了。狄曼偏过头，像是在琢磨男人是不是话中有话。好在男人除了白天超车让她受到一点惊吓，接下来所做的一切还算温柔。

事后，他蹲在马桶上刷微博。电话响起来，是一个多年没见的律师同行，说是有点事情咨询一下。女人在电话里说："我们这里的人都是刁民，难缠得很，你能不能给点开放性的意见？"赵利民哈哈大笑，说："我喜欢你说的开放这个词儿。就是，我成天待在太原这么个地方，人也跟着变得呆了。"女人好像完全明白他在暗示什么。不过，话题很快就到正经事上了。他说事情简单得很，还让她编个百把字的短信过来，他会把她的诉求转给几个关键领导，事情差不多就能成。

　　出了卫生间，却见狄曼脸色肃然站在门边，赵利民马上意识到刚刚言谈过分了，忙解释，说从前一个厅工作的同事，这两年跑到北京去了，成了个会油子，到处给人讲课。狄曼说，我又不是你老婆，你不用给我解释。赵利民说，我和她真没关系。狄曼说，你们有没有什么关系干吗和我解释？我就是想问你，你当着我的面故意和别的女人调情，你就是想故意刺激我你不缺女人对不对？

　　"你怎么会这样想？"

　　"你这样背着老婆出来，就不害怕？"她并不是担心他，只是厌倦了没有结果的关系，才委婉地提醒，就这样耗着，终究不是办法。她年纪不小了，如果赵利民没有老婆，也是个不错的结婚对象。

赵利民说："你让我怎么办呢？她都不愿意和我吵架。"

好像吵不起架来足以证明他们的婚姻还没有走到破裂的地步。他说他恨不得孙改兰无事生非，找他闹点别扭，他也好找到收拾这个烂摊子的理由。他那么讲的时候，也暗暗惊骇，其实他对孙改兰并没有厌恶到要离婚的程度。

狄曼站在水池边刷牙，没再说话。赵利民冲了马桶，去搂狄曼。狄曼抽出牙刷，递过来一句："真没想到你也是这样的人。"赵利民看着镜子里的男女，说，你不要对一个老同志那么没有信心。狄曼吐了口牙膏，继续刷着她的牙。赵利民抱了会儿，又躺回床上继续看他的《荒野求生》。

狄曼走到阳台上，推开窗户，贪婪地呼吸了两口新鲜空气，又摸出一盒南京，点燃了一支。她努力想看清窗外被改造的工地，到底什么也看不清。高架桥上仍有车辆时不时地飞快溜过。远远的，似乎还有狗的叫声。清亮的天空里，一弯细月，几颗星星，照耀着这人世的一切。整幢高楼里，这个叫融田绿洲的宾馆里，大半夜的，只有她一个旅客把头伸在窗外。

九

孙改兰报了个威风锣鼓团，每晚都到建设路高架桥下敲到半夜。

赵利民有个小小的疑团一直没好意思问出来，孙改兰有一阵子没抱怨钱润平叫她喝酒了，莫名其妙地，动不动又往建设路跑。建设路他每回开车都路过，想不明白一群中老年在车声嘈杂中敲锣打鼓到底图个什么劲。到底是什么吸引了她？回到家里，孙改兰择菜洗菜，仍不忘气沉丹田，有板有眼地嗷嗷哼唱。等熬粥的工夫，她坐在那里一页一页翻曲谱，规规整整摞在一起，又用订书机钉好。窗外天黑地黑，河边的葎草被风吹翻，露出灰白的叶背。

孙改兰又是十点才回来。

"看来你和钱润平是真爱啊？"

"你说什么？"

"我想说什么你不知道吗？你以为我真的相信他是天天叫你去陪酒吗？"

孙改兰本来双眼通红，这会儿哀哀地瞪了男人一眼，说："赵利民，你给我解释清楚，你到底想说什么？"

赵利民说："如果你真的爱他，你们就应该结婚。"

见孙改兰两眼空洞地看着他，好像在期待他的下文，他又说了一句："如果只是平常的通奸，也没必要拆散两个家庭，我敢肯定，这么多年，你之所以一直没提离婚的事，就是因为钱润平离不了婚。我也想明白了，他为什么喝酒，无外乎就是借酒浇愁。"

"我真没想到你是这么冷血的一个人？你是把我们的关系当成一件案例研究了吗？你研究了多久？是不是一直在想方设法把我弄死？"

架吵到后来，还是赵利民动的手。他气急了，一把搂过孙改兰，就往床上薅。可惜他一把没薅动。倒是孙改兰推了他一下，竟让他倒在了床上。还没钉完的曲谱，散了一地。

赵利民卡住女人的脖子，热气喷到她的脸上。他呼哧喘着粗气，眼睛里像要冒出火来。他到底理智了些，想着不能打架。打架解决不了问题，得冷处理。想着这么多年，他和她形同陌路，却还绑架在一起，越发不是滋味。

他走进卫生间，顺带着把门反锁上了。洗脸池放着一把水果刀，那是孙改兰每天早上刮舌苔用的。他拿起来看了看，刀尖不知撬过什么硬物，都卷了。而她仍是平日用这样一把刀在舌头上刮来刮去，好像完全不用担心刀子的危险。突然把话挑明了，整个人是轻松，却也有一种毫无来由的恐惧，接下来的生活该怎么办？离婚吗？他为别人打了那么多年官司，却从没想到类似的程序也会降临到自己身上。他总是刻板地在当事人双方之间说些大同小异的话，对于他们的痛苦，他从不在意。就是和狄曼在一起，他更多的也是为情欲的发泄感到满足。对于女人正在遭受的精神折磨，他从来没有放在心上。想到自己竟然是如此冷漠的一个人，他狠狠捣了一拳，本是想拍脑袋，不料出手太快，一下子杵在镜子上。玻璃瞬间破裂，掉落一地。

"赵利民，你到底想干吗？"孙改兰晃着门把手。

听见里面半天没有动静，孙改兰又说："赵利民，你想离婚，也可以，你先出来，我们把话说清楚。"

"我们没什么可说的。"

"你想好了，我们是不是明天就去办离婚？"

"求求你，别说了。"

"我知道，你一直以来都认为我疯了。你认为我不对劲，所以就从没想过要和我好好沟通。"

"沟通什么？沟通你和钱润平怎么干的吗？"

"你知道吗？钱润平今天早上出门的时候就感觉胸闷，不舒服，他还去建设路溜达，结果走了半圈就倒在地上。"

还没送到铁路医院就过去了。我不是因为他不在了，就想求得你的原谅。"

孙改兰听见卫生间又弄出一片声响。她疯狂地摇门，说："赵利民，我们就不能坐下来好好谈一谈吗？就算我对不起你，你也没必要这么虐待我，对我冷暴力吧？"

"你能不能把嘴闭上？你知不知道就因为这些破事儿，搞得我们的生活没了人样？"

"你到底想要我怎样？"

"把嘴闭上。"

赵利民看着沁在温开水里的手，红色的血液在水里一圈一圈浸染开来。散乱在洗脸池旁的玻璃碎片折射出他狰狞的脸。每一块玻璃碎片都有着他的一部分，却又无法拼凑出他完整的模样。他看见眼睛的时候，就只能看到眼睛，他看到鼻子的时候就只能看到鼻子，他看到自己满是油腻的脖子上方，吊着一颗硕大无比的脑袋。他找了块没用过的白毛巾把手裹上。

这样大吵大闹的对话，之前在他们的生活中也出现过几回，甚至两个人都拿出了结婚证和户口本，准备去婚姻登记处再领一个蓝本，只是阴差阳错，不是他有事，就是孩子上学的问题，把这个问题暂时搁置起来了。

家里很安静。

女人侧身躺在床上，好像睡着了。他站在门边看了一眼，又走到另外一个家，全裸着瘫在床上。好像生怕黑夜仍然有遮挡不住的光亮刺眼，他还戴上了眼罩。

孙改兰不知道什么时候进来的。她先是用手不停地抚摸着他的乳头，起初他还抗拒，想着这一回得铁下心来。至少戏码得往那个方向演。可阴茎却彻底失控了。它那么不知廉耻地竖了起来。孙改兰又趴在他的两腿之间。赵利民的双腿绷直了。她抬起头，拱到他跟前。赵利民说：

"求你了，不要这样好不好？"

十

"积善社区想挖掘村里的文化，做一本书，你有没有兴趣？"

"怎么挖掘，你可以有自己的思路。你想想糊弄下村里，对写过几本书的人来说，还不是手到擒来？"

"谢谢赵主任。看了你妈的传记没有？有修改你随时告我。"

李查德和村里的人对接上，又拿到《积善村志》，收集了几条线索。对方的意思是，村里的古建筑虽然都拆了，但也可以采访老人们。还给介绍正在修复的结义庙、龙王庙，说，再过一百年，这些也是古董了，我们做文化眼光要放长远些。风土民俗，好采访，兑点资料，看上去也充实，就是说到村里的几处老宅院，出了问题。好些人都提到村里的天丰院如何富丽堂皇，李查德想着这是个典型，得好好聊聊。哪知道找上门去，碰了一鼻子灰。领路的人也算是个负责干部，说，"文革"期间他们还因为这个院子挨了批，后来平反，又把院子退回来，主人也不敢要。后来终于明白形势太平，住在里边的人陆续搬走，主人又住了进去。哪里知道没过几年，又赶上城市扩张，征地，好不容易收拾好的老房子又被迫拆迁。不提往事也就罢了，现在倒好，又掉头来揭伤疤。主人见李查德还揪着过去问个没完，就没好声气，"是不是你们想咋就能咋？"领路的说，他这是把我们当阶级敌人，几十年的怨气还没过去呢。我们也不过是为了干活，把气撒到我们头上算怎么回事？能有多大仇多大怨，怎么就不能往前看？

李查德对于天丰院具体的形象没怎么描述，倒是把不少笔墨用在了房子的变迁上。书稿写完，送给积善社区，很快就印了出来。他还等着最后的几万尾款。不曾想赵利民打来电话，说是积善党委书记有些意见和他沟通沟通。

　　正是六月天，又挤着公交车，堵了半天，才跑到积善大厦二十九层。书记半天没见着，人来人往的，听说是上面马上要来检查。快下班时，书记出来了，也没寒暄，劈头就是几句：

　　"你怎么一点觉悟都没有？还是不是党员？写出来的稿子都是些什么啊？你以为你表达下自己的观点就能证明你与众不同？"

　　"我没有自己的观点——"

　　"自己的观点都没有，就像你给老赵他妈写的传记一样，就七大姑八大姨地拼凑，要你做什么？"

　　"事实——"

　　"全是闲话和琐碎，挖坟有什么意义？"

　　"文化——"

　　"文化人就是酸腐。拿着我们的钱，我是让你给我们好好宣传正面形象，你倒好，成心给人填堵。大家都安安心心过日子不也挺好？到时候出了问题，大家都受制，你就开心了不是？"

　　钱还没拿到手，李查德一口气就忍住了，连赔不是，说是一定要重新修改。

266

下得楼来，赵利民打来电话，问有没有空，说是看了他妈的传记，想再聊一聊。便约着一起去桃园路新开的一家江湖菜馆。见了面，喝了两杯啤酒，李查德还没说他遇到的问题，赵利民就说开了。

　　"要是再提升一下就更好了。为什么年纪大的人爱抹口红？就是整个人没法看了，得化点浓妆，才得提起精气神。你看，我们洪洞这地方，自古都说'洪洞县里无好人'，但像我妈这样的贤良女人却被一句戏文遮蔽了，她是不是能和中华传统美德联系起来说一说？写文章不都讲求文眼吗？这个立意还是得更高一些，要不然说了半天，我妈还是一普通妇女，费半天周折写出来，又有什么意义？读者看了又能有什么收获？"

　　李查德说这样的纪念文章，过于华美，反而失去了原来的底色。见赵利民听不进去他的话，又说："要不加点《论语》里关于孝道的论述？"他这么说的时候，突然想起那回清明节在赵家祖坟前跪拜的样子，孔夫子说"非其鬼而祭之；谄也"，更是别扭。

　　赵利民还在说着家风家教，说他遗憾的是，没有在父母生前好好尽些孝道，反而因为自己琐碎的事情让父母操透了心。他把李查德当成了教堂的忏悔室，说得那么真诚，倒让李查德感到一种无形的压力。李查德想起父母来太原的那段时间，他没有好好陪父母。他总想着自己还年轻，有的是机会，哪里知道，不知不觉就快三十了。赵利民每说一句，都像是砍在他的心坎上。

"要不你去我前妻那里了解下情况，她和我老母亲生活得时间最长，平时我上班，都没她们一起朝夕相处得久。"

李查德这才意识到赵利民离婚了。

"也不能说是离婚，就是我们两个人都认为应该分开好好想一想。你想想看，我们两个各自经济也独立了，白天不需要对方，晚上回到家也不需要对方，好不容易挤出来点热情，对方还横挑鼻子竖挑眼。"

说完正事，赵利民又随意问了一句："最近怎么样？什么时候能喝到你的喜酒？"李查德说："早分手了。"赵利民说："听你说过那么多回分手，这回是认真的？"李查德说："最近为写你母亲的传记，看了好多老书，也看了些佛法方面的书。"赵利民静待他继续往下说。李查德讲："突然发现佛法里好多东西早把人看得透透的。死缠烂打那段时期，她动不动就说我始乱终弃，种下不好的因，果报不好，会遭报应。老实说，听她说得多了，我也恐惧。倒不是渴望来世有个好去处，而是真的困惑，认为自己不是一个好东西。只是她说得越多，我越反感，搞得好像我成天在虐待她似的。也是读了些佛法方面的书，才明白，我们这不是好的缘分，好的缘分不会像我们这般扭曲。"赵利民快笑岔气："天，你确定你读的是佛法，而不是《青年文摘》之类的鸡汤？"李查德也跟着笑。赵利民说："不得不佩服你们年轻人，你们原谅自己安慰自己的方法太绝了。开口闭口都是佛法，说得那么一本正经，还以为你会谈出什么不一样的心得，结果就用了这么个稀松平常的理由为自己的背叛和不负责任找到了借口。"

李查德没说话。只是跟着笑。也是在笑的过程中，一阵绝望，还有难过，填塞到他的心头。

李查德看着赵利民。他看着这张被狄曼反复摸过的脸，好像又看见了她。他什么时候才能变得像眼前这个男人呢？他听说赵利民在798旁边买了两套房子，现在价值将近两千万。他实在想不明白，他们怎么就可以顺顺当当得到这一切。

"世界跟我想的不一样。"

李查德手里拿着羊肉串，半杯啤酒才喝掉一半，"我找不到自己的位置。"文绉绉的话吓了赵利民一跳，从佛法到世界的位置，这些言论似乎和烧烤摊的情境都搭不起来。赵利民甚至都能感觉到周围人说话的声音低下去，他们两个人凸显出来了。"喝吧。"赵利民举起了酒杯。李查德却是意犹未尽，又说："我突然对做什么都没有自信了，感觉成天都活在焦虑当中。"赵利民说："因为没钱，还是因为婚姻？"李查德说："我想不明白人为什么要那样生活。我就是想过得简单些，可是太难了。"赵利民说："推荐你看一本书吧，《冲动的社会》，或许读一读，能解读你的困惑。你就是小说读得太多了，结果多愁善感。应该多看点历史、人文方面的书。"赵利民说人都会有困难，他说起他代理的那件故意爆炸案，明知道这人精神有问题，可法律并不讲人情。

两个人有一搭没一搭说了一阵话，天色黑了。

和赵利民分开，李查德拨狄曼的电话，接连打了十几个，都无人接听。快十点，狄曼发过来一条信息，问怎么啦？李查德说，求你接一下电话。狄曼却说，有什么话，短信里说吧，现在不方便。李查德有些泄气。他本来是想声讨一番狄曼，可又实在无力。他算她什么人？他编了长长一封信，没再追问赵利民离婚是不是因为她，而是把兼职的事情说了一下，他说他做这些就是为了能去CC卡美买个几克拉的戒指，体体面面地向她求婚。

狄曼再无消息。到了晚上，她才回过来一条，说是她最近在昊天寺做义工，每天抹灰糊泥。

她压根儿就没有接他的话茬。

李查德想，看来她是参透了，便压住了那些连自己都不信的话。

十一

赵子腾的声音低低的，怎么也不说多话。

赵利民连问了几句是不是出了什么事，赵子腾却开始哭开了。赵利民见不得人哭，声音高了些，问他在哪里。赵子腾说在肿瘤医院。赵利民还以为儿子身体出了问题，挂了电话就往肿瘤医院走。

到了病房，才看见赵子腾正在给孙改兰擦背。赵子腾抬头见了他，喊了一声爸。赵利民这才进去。手机里正放着音乐《Prisoner of Love》。

说了几句话，赵子腾就找了个借口溜了出去。赵利民说，你儿子是不是对我有意见？孙改兰说，什么你儿子你儿子，难怪他对你有意见。见赵利民不太自在，孙改兰又说，明明是儿子长大了。赵利民说，难不成他这是懂事了，给我们创造一个独处的机会？说完也没听孙改兰说什么，若无其事地翻看病床边一堆处方单。孙改兰关了手机音乐，说，别看了，我得的是不好的病。赵利民说，一个乳腺增生有这么夸张？两人说了会儿话，后来，赵利民就势歪在另一张病床上，拿起手机查乳腺增生方面的信息。

孙改兰挣着起来，走到窗户旁边，又顺势坐在了他旁边。赵利民看着宽大病号服里的孙改兰，瘦得快要脱了相，忍不住摸了下她的手。孙改兰缩了回去。赵利民说，我没别的意思。孙改兰说，我知道。赵利民又说，真没什么，都这么老的人了。

"我是个残疾人了。"

她说她简直不像个女人了。一个女人连胸都没了，还算什么女人呢？赵利民说，别这么说。孙改兰叹了口气，好像为了证明她不是胡说，抓起赵利民的手放到胸口。赵利民从孙改兰空荡荡的病号服里伸进去，女人的胸扁平，瘦得，能摸得见肋骨。赵利民的脸有些僵硬。

"别这么说。"赵利民像是安慰她，"外国有个叫安吉丽娜的还是什么叫朱丽的不也切掉了？都是身外之物，重要的是活个精气神。"

他抬头看了看门外，好像生怕人进来。

窗外杨树轻轻摇曳，满是尘土的玻璃滤掉了强光，筛进来一片碎影。他像想起了什么似的，说：

"你记不记得离婚前我们吵的那一架？我并不是真生气。我就是表演给你看的。"

孙改兰说："再提从前有什么意思？"

"对不起。"

"又来这一套，酸不酸呀你？"

阳光从窗外打进来，赵利民就那么抓着，好像生怕一放手就伤害到她的自尊。等到赵子腾提着一兜水果推门进来，赵利民才就势放手，孙改兰也站起来，把散乱的头发往耳后抹了抹。赵子腾好像完全没有注意到父母间的尴尬，只是把荔枝一颗一颗剥给孙改兰，还不忘顺手给赵利民一把。

几十年了，他从没有像现在这般和她朝夕相处过，一天二十四小时都在一起。刚结婚的那段日子，也腻歪在一起，却只能叫作搭伙过日子。到了后来，孙改兰单位有了食堂，赵利民的事务更忙，两人一个月也在家里吃不上几顿热饭。而现在，他给她擦背，看着她变形的身体，也会想起，当年两人如何在岳父岳母的屋檐下，压低声音，贪婪地寻找对方的身体。甚至拉起帘子帮她端尿时，听见时急时缓的尿尿声，都会有一种久违的惬意。他许久没这么心安过了。那些久远的往事，简直像是发生在上辈子。

孙改兰精神好了些，两人有一句没一句地说些家常。赵利民问，刚生赵子腾那会儿，你和我妈生活过一段时间，你还能想起点啥吗？孙改兰说，当然，老太太那么好，我就想，你肯定不是她的亲生儿子。赵利民说，我知道你受委屈了，是这样的，我专门请人给我妈写了一本传记，也想听听你说一说咱妈，也算是个念想。

"老太太不是信佛嘛，好几回初一陪她去烧香。我拿上三根就点，她拦住我，只让我点一根。还说，那么浪费干什么，点上一炷，心诚就行了。你说你妈信的是什么佛呢？烧三炷香，是供养佛法僧的意思，她都不懂。不过，后来我明白了，老太太是节俭惯了。她多仔细啊，你是没见过她过日子的样子。当年住筒子楼，她在楼下稍微有点空间的地方搞了好多盆盆罐罐，全种上了菜。多亏了她的精细，那两年，光这一项就省了不少钱。"

"这个好。改天见了来采访的人，你就这么说好了。"

"我说什么呢？你是你妈的儿子，你说不就行了？"

"你是你的角度。你是站在儿媳妇的角度。"

孙改兰竖了起来。

"搞了半天，原来是为这啊。这个时候想起利用我了。"好像说完不过瘾，又加了一句："谁知道谁才是你妈的儿媳妇。"

赵利民叹了口气，说："你看看你。你害病就是因为心眼太小。你白跟了我妈这么多年。佛家说，众生皆是佛。一想到我活在众生的世界中，感觉自己的运气也不算太差。"

孙改兰鼻子里哼了一声，说："赵利民你老了，你真的老了，变得婆婆妈妈的了。"

有很长一段时间，两个人也没说话。阳光透过薄薄的窗帘晒进来，孙改兰鬓角的白发清晰可见。床头放着三卷本《加缪手记》，那是狄曼最后一回来太原送给他的，书脊上还留着她的口红印。他装作若不经意地拿起来翻了翻。孙改兰说，那是你的书。赵利民说，我还有这书？我都忘了。孙改兰说，你每天人里鬼里周旋，怕有三头六臂也分不开身，哪记得这些。

赵利民没说话，又给她掖了掖被子。感觉腰困了，站起来，双腿岔开，摇了几圈屁股，又往卫生间走过去。打扫厕所的阿姨在不停地墩着地上的水渍。他踮着脚尖往里走过去。女人说："没事，你放心踩吧，反正我一天得拖无数遍。"赵利民说："就没想过要在这里放两块海绵垫子，得省多少麻烦。"女人说："我的工作就是这个啊。花钱的事，我怎么考虑得到？"赵利民还想说点什么，到底一句话也没说出来。洗完手，他抬头看了看镜子里的自己。他嘴唇抿得紧紧的，猛一看，隐约露出一股女相。

孙改兰说赵子腾谈了个女朋友，准备带回家里。赵利民说那就见啊。孙改兰说，要是让姑娘知道孩子是个单亲家庭，也不大好，你要方便，过几天，去你那里吧。赵利民这才意识到她是在和他商量呢。儿子的婚姻不是个小事情。听说子腾对象爱喝咖啡，赵利民还打开手机，在春播上订了 ILLY 咖啡。想了想，又订了两斤松茸。

到了周六上午，他看到物流已经开始派件。忙给圆通公司打电话，说自己去取。结果刚上北沙河路，就下起雨来。他困在高架桥下，不知道是该回去，还是等雨停。在手机上东看西看，见到一篇文章说拉伸，无意识地想压压腿，肚子太大，裤子太紧，半天没低下去。

立秋了，新修的马路两边，刚栽的桃树，挨挨挤挤，树枝删减了，仍是蓬蓬勃勃。他很少注意到灌饱雨水的树枝，天地一片青灰，雨中的一切都透着亮光。到了敦化路巷子口，也不管积水打湿皮鞋，索性迎着细雨对着滴着水珠的叶子不停拍照，还不忘发到朋友圈里。

快递公司的仓库不好找，小巷里的路也破，污水横流，踮着脚往里走了一截，看见送快递的三轮车多起来。仓库里到处放着包裹。人们忙着装货。有个人过来招呼他，他说先前打了电话。来人问是谁打的。他说是李明。那人就说，那你给他打电话，看看狗日的在哪里。电话拨通了，却也没人接。赵利民又去问电脑前的姑娘。姑娘眼睛时不时看着手机里播放的电视剧，手上却也没闲下来，还在不停扫描包裹。问清楚他的住址，姑娘又往刚刚查看过的货架上翻捡一回，也没找见。先前和赵利民搭话的中年男人进来，又笑着说，你看看李明的袋子里有没有。结果姑娘翻开角落里码的一堆袋子，一个黑脸男人从大包小包包裹袋里竖起来。姑娘说：

"李明，你要死啊，怎么睡在这里？"

李明揉了揉眼睛，没顾上辩解，只说没送的包裹都在前台放着。到了亮处，赵利民这才看清，这个李明不是别人，就是天天在他事务所下面接面包师的那个男孩。

赵子腾带着对象进门，赵利民还在那和孙改兰说快递的事。他说这个李明年纪轻轻，为什么要这么辛苦做快递

烈日下　277

员。这么耗下去，养得起那个面包烘焙师吗？看到男孩的处境，赵利民不知怎么就想起了当年的自己。他想着平日里一旦快递半天送不过来，他对这些送货人也没什么好脸色。他很少设身处地地为别人着想过。孙改兰说谁不难了，谁都不容易。见儿子进来，孙改兰咽下嘴里的话，连忙端茶递水果。子腾对象有些受宠若惊，直喊阿姨别客气，我自己来。孙改兰递过水杯，子腾对象双手接过，也不喝，只是抱了会儿，又稳稳放在茶几上。孙改兰事无巨细，打听了半天。赵利民没怎么好意思问，时不时地翻一下手机。好多人都在他的朋友圈里点赞留言，说没想到太原的空气这么好，彩虹如此漂亮。赵利民这才发现，他光顾着拍枝头上的花，没注意到雨后的太阳和远处的彩虹。

赵利民拌了两个凉菜，又做了道清水煮南美大虾，孙改兰也围着围裙做了个烩菜。子腾对象说，别做多了，吃不完，浪费。等到菜上来，几个人也没怎么说话，能听得见上下牙齿咬合的声响。赵子腾说，家里太安静了，放点音乐吧。赵利民正准备起身，孙改兰说，让子腾去。又扭过脸对赵子腾说，书柜最下面一排有一张世纪对唱的CD。

Frank Sintra 的声音响起来，是《My Way》。子腾对象说，阿姨好雅兴，还听外文歌。孙改兰说，我哪有这品味，都是你利民叔叔见多识广。

赵利民脸色一凛，不过还是没有多说一句话。

送走对象，赵子腾回来说女朋友还羡慕你们两个的关系，几十岁了还那么好。孙改兰说，赵利民你演过了，不会人家姑娘每回来我们都得这么演一回吧。不行不行，我要回去喂我的狗了。

赵利民说，你看看，我都没有你的那条狗重要。孙改兰说，你怎么能和一个畜生比。狗什么都不说，我也明白它在想什么，你什么都和我说了，我还是不知道你在想什么。赵利民说，是啊，做人就是太累，下辈子投胎千万别做人。孙改兰说，你倒是想得美。说完，就低头穿鞋。

等到孙改兰和儿子出门，赵利民也跟着往楼下走。

稍微活动了下，就沿北沙河路走起来。膝盖隐隐生疼。他慢下来，掏出手机边走边看，看了会儿微信公众号"跑步学院"上推荐的文章，别的没记住，就记住了有一双跑鞋很重要。他笑了笑，不信邪。

走到了解放路，又拐向新建路。不知觉间，又绕到了五一广场。他能感觉到背上渗出的汗珠正沿脊柱直下。满地树叶横飞。起风了。他拐进美滋美客面包店。围着暗紫色围裙的面包师走过来，笑着问他需要点什么，赵利民踮着左脚尖绕来绕去，脚底板打了个泡，太疼了。却也没好意思在店里脱下皮鞋处理，只是龇着牙，说，随便看看。

猜想陈克海

朱航满

　　克海兄发来四篇小说，是他即将出版的一个小说集子所收。读完这四篇小说，首先被小说中的两个细节所吸引。其中一个细节是小说中的主人公，一位外省的公务员，不甘现实状态，心存理想，对拍摄电影很有兴趣。他的这个爱好，则是被他的大学同学所培养的，或者说催醒的。这位大学同学在北京工作，但很快就放弃了其最初的想法，成为芸芸众生中的一个，而这个在小地方的小公务员，仍在坚守着遥遥无期的梦想。这其中，克海提到了从山西汾阳走出来的电影导演贾樟柯，也是这位小公务员所追慕的电影导演，他甚至曾专程去一个电影活动中拜访过，虽然只是匆匆邂逅，但仿佛是一种仪式，成为这篇小说中非常独特的存在。在我看来，贾樟柯已经是中国当代文化的一个非常鲜明的符号，他的成功也非常典型。与小说的主人公，或者说与克海兄一样，我对于这位山西籍的导演非常喜爱。克海的小说在风格上，甚至与贾樟柯的电影有着某种相似之处，抽象，冷冽，充满着一种现代知识分子的忧郁和关怀。

好的小说细节是小说气质的重要体现，也是作家修养和水准的展示。记得二十多年前，我在陕西关中的乡村读到作家路遥的小说《平凡的世界》时，就对其中的一个细节印象非常深刻。高中毕业的孙少平，在县城打工的间隙，去电影院看一场电影，却在电影院的门前邂逅了他的高中同学田晓霞，由此产生了一场特别的爱情故事。令我至今印象深刻的是，那部在县城电影院上映的电影，名叫《王子复仇记》，是根据英国作家莎士比亚的戏剧作品《哈姆雷特》改编的。这个小细节值得我们深思，也只有这个与内陆县城的文化略显格格不入的电影，才可能令两位同样热爱文学的青年在这个县城的电影院门前巧遇，这是细节对于小说发展的贡献。而路遥特意选择了莎士比亚的作品，或许是因为哈姆雷特的那一句"生存还是死亡，这是一个问题"。在广袤而贫瘠的陕北乡村，路遥想证明的是，即使身份多么的卑微，也不能泯灭他们对于人生的思考和追寻。正因如此，我特别关注到克海小说中的这个关于电影的细节，为他选择了电影导演贾樟柯而感到庆幸。

克海小说中的另外一个细节，则是其中提到的"ME TOO"运动。显然，克海的这篇小说有着一个类似的新闻背景，一个非常有名的志愿者深陷"ME TOO"运动的故事。当然，克海的小说并没有重点描述这位志愿者，而是将其作为一种时代的背景，写了一位从外省来到北京的年轻女性的内心世界。我亦十分关注这个"ME TOO"运动，因为这个来自西方社会的自发运动，表达了一种与固化的权力世界进行斗争的勇气。从"ME TOO"到贾樟柯，这两个看似并不起眼的细节，我似乎把握住了作为小说家克海的内心世界，他是勇敢的、怜悯的，但亦是困惑的、伤感的，他笔下的人物，都是有着一种不甘的内心，在这个令人感到无奈的世界中挣扎，保持着他们的自尊，甚至一些正在逐渐变得遥远的理想。虽然没有读完克海至今创作的全部小说，但从这四篇小说来看，我认为他的小说有一种知识分子的现代意识，有一种深深的批判精神和关怀在其中，他在竭力地展示一种内心世界的挣扎，既不是那种令人温暖的成长鸡汤，也不是一种绝望的悲愤。

克海的这几篇小说，都是关于青年的，而且还有一个共同点，就是地域性，小说的主人公都是外省人，带着浓厚的内陆省份的印迹，但又都与北京发生着密切的关系，或者他们寄身于这个都市之中，又或者他们精神上的朋友在北京，又或者他们希冀于北京的文化和生活。北京成了外省青年的又一个特别向往的符号。我在读这几篇小说时，甚至怀疑克海是身在北京创作的几篇小说，他对北京竟然是这么的熟悉。后来，突然想起自己曾经在北京的鲁迅文学院读书，我想克海这几篇小说很有可能都是在鲁迅文学院进修时所创作的，或者有感于北京的短暂生活体验后的精神冲击而创作的。在网上查了一下，果然，克海曾在四年前就读于鲁迅文学院，那么我的这个猜测就很有可能了。这个，还待求证于他。从山西到北京，克海展示了中国地域上的文化差异，更展示了人心的不同，他以小说这种形式为我们时代青年留下了苦闷的写照。阅读过程中，有时候，甚至想到了五四时期的很多小说，其中有文化的差异，有精神的彷徨，有性的苦闷，还有理想的没有着落，以及内心的觉醒和挣扎，这种欲努力而充斥的无力感，竟是如此的相似。

读克海的小说，我似乎又为自己的小说观找到了一种佐证。其实，近些年我已经很少读小说了。当代中国的小说，从讲故事的能力上来说，已经不逊于西方，但为什么有时候读小说，总感觉有些失望。我想作为小说家，首先要对我们所处的时代有整体而准确的判断，要有自己独立的思考和研究，否则小说家一样是人云亦云。我欣赏电影导演贾樟柯，便是欣赏他对于我们时代的探究，那种内敛、尖锐、深刻以及充满忧伤的关怀，是恰到好处的；还有那些"ME TOO"运动中的女性们，她们的柔软，她们的勇敢，正是一种人性的觉醒，一种用行动做出的批判。就在写这篇文章之时，恰逢五四运动百年，为此读了一系列关于五四的纪念文章，诸如青春，诸如梦想，诸如文学，诸如读书，诸如鲁迅，等等，五四依然是我们今天需要汲取力量的源泉之一。而我也甚至觉得，读克海的这几篇小说，也可以将其看作是对于五四的一种特别的纪念，因为那些五四青年们，他们最初也应该是同样的困惑、挣扎，充满希望，觉醒，并真正走上了自己的道路。只是有些遗憾的是，虽然经历了一百年的时光，我们内心的世界，还是没有明显的变化。

我与克海相识很多年，他在山西的一家文学期刊做编辑，恰巧我与当代的山西文坛颇有缘分，不但有幸在山西的几份文学期刊上刊载了一些东西，而且认识了很多的山西学者和作家，诸如李国涛、韩石山等等。我觉得克海或许在精神上与他们有着一致之处，这也是我对克海的又一个猜测。记得曾写过几篇小文章，由克海刊发在他所在的杂志上，有些文章是不合时宜的，但克海说他很喜欢，略作修订便刊发了。其中一篇，是批评一位当代著名作家的，因为我讨厌作家投机的虚伪与做作，克海甚是认同。这些年我还为一家出版社编选一部随笔年选，总想编出一些新意来，这其中的新意，并不是特意求新，而是对于当下的一些选本的游戏规则的抵制。后来我发现，克海也在编选一本类似的随笔年选，也有着他自己独到的见解和思考，绝不愿意为俗流所裹挟。为此，我将克海引为知音。

2019 年 5 月 4 日

陈克海作品发表目录

（截至 2018 年）

《朝三暮四》·中篇　　　　　　　　　　　　《清明》2012年第3期

《还乡记》·短篇　　　　　　　　　　　　《民族文学》2012年第5期

《折腾记》·短篇　　　　　　　　　　　　《滇池》2012年第7期

《……什么都是因为我们穷》·中篇　　　　《广西文学》2012年第8期

　　　　　　　　　　　　《中篇小说选刊》2012年第6期转载

《现在让我们来赞美愚蠢的女人吧》·中篇　《山东文学》2012年第10期

《问凤梅》·中篇　　　　　　　　　　　　《黄河》2013年第1期

《死了丈夫好出门》·短篇　　　　　　　　《山西文学》2013年第4期

《老虎的黄金》·中篇　　　　　　　　　　《西南军事文学》2013年第4期

《卡车啊你到底要往哪里跑》·中篇　　　　《清明》2013年第5期

《搭台唱戏》·中篇　　　　　　　　　　　《民族文学》2013年第11期

《不服气的人》·短篇　　　　　　　　　　《文学港》2013年第12期

《北塔山的鹰》·中篇　　　　　　　　　　《黄河》2014年第2期

《清白生活迎面扑来》·小说集　　三晋出版社2014年11月第1版

2014年获2010—2012年度赵树理文学奖·新人奖

《土豹子》·中篇　　　　　　　　　《莽原》2015年第1期；获莽原小说奖

《没想到这园子竟有那么大》·中篇　　　　《山花》2015年第11期

　　　　　　　《小说选刊》2015年第12期转载，获首届土家族文学奖

《去拉萨最好的天气》·短篇　　　　　　　《都市》2015年第6期

《马熊》·中篇　　　　　　　　　　　　　《山西文学》2015年第10期

《手工打造的女人》·中篇　　　　　　　　《福建文学》2016年第5期

《她是好女人的时候》·中篇　　　　　　　《青年作家》2016年第6期

《照相馆》·中篇　　　　　　　　　　　　《福建文学》2017年第5期

《道德动物》·小说集　　　　　　知识出版社2017年2月第1版

《纠正》·中篇　　　　　　　　　　　　　《红岩》2017年第6期